Irene Zimmermann

Küsse, Flirt & Torschusspanik

Thienemann

- 1 -

Sandra?«

Am liebsten hätte ich mich schlafend gestellt, aber das hätte wahrscheinlich nichts genutzt. Manchmal konnte meine Mutter nämlich ziemlich hartnäckig sein.

»Sandra!«, rief sie nochmals, aber nun noch etwas lauter, und dann hörte ich auch schon ihre hochhackigen Schuhe auf der Treppe.

Sekunden später riss sie meine Zimmertür auf. »Sag mal, was soll das? Es ist halb zehn und du liegst immer noch im Bett! Und warum lässt du die Rollos nicht hoch?« Sie schüttelte den Kopf. »Also, ich muss jetzt in die Redaktion. Vielleicht kannst du dich im Haus mal ein bisschen nützlich machen. Kisten ausräumen und so. Schließlich sind ja Ferien. Tschüss, ich muss los.«

Ich nickte bloß. Genau so hatte ich mir meine Sommerferien immer gewünscht: in einem wahnsinnig modernen Haus, in dem alles vollautomatisch gehen sollte, aber nichts funktionierte, in einer fremden Stadt, in der ich keine Menschenseele kannte. Und dann sollte ich auch noch Umzugskisten ausräumen, bloß weil Mama und Papa beruflich so engagiert waren, dass sie für solche Dinge keine Zeit hatten.

Am liebsten hätte ich mich umgedreht und weitergeschlafen, aber dann beschloss ich nach meinem Bruder zu sehen. Vielleicht konnte man ihn überreden zum Bäcker zu gehen. Irgendwo in Friedingen musste es ja eine Bäckerei geben!

Aber von Albert keine Spur. Aus irgendwelchen mir absolut schleierhaften Gründen schien er früh aufgestanden zu sein. Unschlüssig tappte ich durchs Haus in Richtung Küche. Ich musste überall Licht anmachen, denn die Chipkarte, mit der sich die Rollos angeblich öffnen ließen, hatte ich leider gleich am Tag unseres Einzugs verschlampt und Mama hatte natürlich vergessen ihre Karte dazulassen. Tolle Perspektive, dachte ich, als ich in der Küche stand und versuchte, mir aus dem, was ich im Schrank gefunden hatte, ein Frühstück zu machen.

Ich fröstelte, und das lag nicht nur daran, dass ich barfuß auf den Fliesen stand. Ein Blick auf den Monitor, der alle wichtigen Vorgänge in und vor dem Haus anzeigte, machte mir klar, dass es draußen zwar bereits sechsundzwanzig Grad hatte, im Haus selbst aber nur dreizehn Grad. Die Klimaanlage schien wieder zu spinnen. Dabei hatte Papa am Abend vorher behauptet, die Sache voll im Griff zu haben. Von wegen angenehme zwanzig Grad!

Ich zog mir zwei Winterpullis und dicke Socken an, schmierte Honig auf mein Knäckebrot und überlegte, wie ich den Tag verbringen könnte. In dieser komischen Grabkammer jedenfalls nicht!

»So ein Hightechhaus erfordert Mitdenken«, hatte Albert ganz stolz erklärt. »Du musst dich eben dran gewöhnen, dass du nicht mehr in irgendeinem 08/15-Bau lebst. Du bist jetzt Trendsetter. Wenn du verstehst, was ich meine.« Er hatte dabei ziemlich blöd gegrinst. »Das ist nämlich hier das Haus der Zukunft!«

Ich hatte bloß mit den Schultern gezuckt.

Ich hatte Sehnsucht nach Ludwigsstadt, nach meinem gemütlichen Zimmer direkt unter dem Dach, nach der Nachbarskatze, die mich oft besucht hatte, nach Anne, meiner besten Freundin, nach meiner Klasse, ja sogar nach meinen alten Lehrern. Stattdessen musste ich in Friedingen in einem wahnsinnig modernen Haus mit allen erdenklichen technischen Schikanen leben, bloß weil mein Vater hier Karriere als Stararchitekt zu machen gedachte.

Nach dem dritten Knäckebrot beschloss ich Anne anzurufen. Eigentlich hatte sie ja versprochen sich bei mir zu melden – was sie bisher nicht getan hatte –, aber das war jetzt auch egal. Ich brauchte dringend jemanden, dem ich was vorjammern konnte.

Verschlafen und mit ziemlich schlechtem Gewissen meldete sich Anne nach dem dreizehnten Klingeln. »Entschuldige«, gähnte sie. »Ich wollte dich die ganzen Tage schon anrufen, aber weißt du, es ist so wahnsinnig viel passiert.« Sie gähnte nochmals. »Ich hab die halbe Nacht nicht geschlafen, weil … Sag mal, hast du meinen Brief nicht gekriegt?«

»Brief? Nein, ich hab keinen Brief von dir gekriegt.« Dann musste ich lachen. »Sag mal, hast du vielleicht einen rosa Briefumschlag verwendet?«

»Dann hast du den Brief doch gekriegt. Ich habe nämlich –«

»Anne, du kannst dir nicht vorstellen, was für ein verrücktes Haus das hier ist! Der Brief liegt seit gestern im Briefkasten, man sieht ihn von außen, aber wir kommen nicht dran, weil wir den Zugangscode nicht wissen. Irgend so 'ne siebenstellige Nummer. Und mein Vater hat einen Techniker bestellt, weil er glaubt, dass der Brief aus den USA kommt und ihm darin vielleicht ein neuer toller Job angeboten wird.«

»Quatsch«, sagte Anne bloß. »Aber der Brief ist schon wichtig. Da steht nämlich alles über mich und ...« – sie machte eine kurze Pause – »also, über mich und Jonas drin.«

»Jonas?«

»Jonas!« Ihre Stimme klang verschwörerisch. »Kannst du dich an Jonas aus der Bio-AG erinnern? Du weißt doch, er hatte letztes Jahr die Rastalocken.«

»Klar«, sagte ich. »Ich werde Jonas bestimmt nie vergessen. Der war schließlich schuld daran, dass wir unser Referat nicht fertig gekriegt haben. Wenn er nicht die ganzen Unterlagen verschlampt hätte, wäre das ein tolles Referat geworden und ich hätte in Bio garantiert eine bessere Note –«

»Das Referat war bescheuert«, fiel mir Anne ins Wort. »Wir können froh sein, dass Jonas seinen Ordner im Bus vergessen hat. Mit dem Mist, den wir da zusammengeschrieben haben, hätten wir uns vor der ganzen Klasse grauenhaft blamiert. Aber das ist ja auch alles egal. Jedenfalls«, sie zögerte kurz, »Jonas und ich sind jetzt zusammen.«

»Aber du warst doch in Torsten verliebt!«

»Torsten hat nur Stress gemacht. Er hat sich nicht wirklich für mich interessiert. Ich hab ihn mal gefragt, ob er sich daran erinnert, was ich am Tag zuvor anhatte, und – stell dir vor – er hatte nicht die geringste Ahnung.«

»Ja«, sagte ich. Es klang ziemlich lahm.

»Jedenfalls ist das mit Jonas völlig anders. Er war hin und weg, als ich mir das giftgrüne Shirt gekauft habe. Weißt du, das mit dem Spitzenbesatz. Also, er findet mich einfach super darin. Und vielleicht kann ich mir demnächst noch die Hose dazu kaufen. Aber dann fehlen mir natürlich noch die passenden Schuhe. Und ...«

Ich klemmte den Hörer zwischen Ohr und Schulter, schmierte Apfelmus auf ein Knäckebrot und klapperte ein bisschen mit den Zähnen. Mir war so entsetzlich kalt! Vielleicht half es ja, wenn man einfach auf dem Monitor rumdrückte, um die Klimaanlage auszustellen. Versuchsweise tippte ich auf irgendwelchen Hieroglyphen rum, die man mit einem bisschen guten Willen als Symbole für die Klimaanlage betrachten konnte.

Anne klang beleidigt. »Nerv ich dich irgendwie? Findest du das mit Jonas denn nicht auch wahnsinnig? Ich meine, Jonas ist ein irre toller Typ, ganz anders als die aus unserer Klasse. Er ist viel reifer und ... na ja, er hat mir erzählt, dass er mich schon immer toll gefunden hat und dass ich sowieso die Einzige in der ganzen Schule bin, mit der man vernünftig reden kann. Die anderen seien eigentlich total oberflächlich und hohl.«

Ich nickte. Mir hatte er vor einem halben Jahr auch erzählt, dass ich die Einzige sei und so weiter. Jonas schien nur ein begrenztes Repertoire an Komplimenten zu haben, aber ich sagte lieber nichts. Meine Freundin schwebte auf Wolke sieben und würde da bestimmt nicht runterkommen. Ich drückte nochmals auf dem Monitor rum.

»Sag mal, was ist denn das plötzlich für ein Höllenlärm?«, brüllte Anne ins Telefon. »Bist du noch dran? Sandra?«

»Ja«, brüllte ich zurück. »Anne, das ist hier ein total verrücktes Haus. Ich wollte die Klimaanlage runterdrehen, aber jetzt hab ich versehentlich den CD-Player angestellt und muss erst mal rausfinden, wie ich das Ding wieder auskriege.«

»Oder vielleicht könntest du ja auch 'ne andere CD einlegen. Ist das Wagner oder so?«

»Beethoven. Steht jedenfalls auf dem Monitor. Warte mal, ich hab's gleich.«

Wie wild drückte ich auf der Bedienungsleiste herum, aber die Musik wurde nicht leiser. Stattdessen schien ich den Fernseher angestellt zu haben. Aber dann erkannte ich, dass das Schneegrieselbild von der Überwachungskamera an der Eingangstür kam. Jemand stand dort und schien zu klingeln. Albert?

Das Bild wurde wie von Zauberhand schärfer. Ich sah, dass der Himmel strahlend blau war, erkannte ganz deutlich die Sommerblumenwiese auf dem Nachbargrundstück und dann schob sich ein dunkler Lockenkopf ins Bild. Der Junge musste etwas älter sein als ich und schien etwas zu sagen … Ich schluckte.

»Was ist los mit dir? Alles okay?«, hörte ich Anne rufen.

»Ja, warte, ich ruf dich gleich wieder an«, sagte ich und legte auf.

Das Bild auf dem Monitor verschwamm und verwandelte sich wieder in graue und weiße Punkte, die wild durcheinander tanzten. Ich rannte zur Tür und wollte sie aufreißen, aber dann fiel mir ein, dass sie nur mit einem speziellen Code geöffnet werden konnte. Verflixt, warum mussten meine Eltern auch eine solche Angst vor Einbrechern haben!

Aber es war sowieso schon zu spät. Durch den Türspion sah ich, dass niemand mehr draußen war. Ich lehnte mich gegen die Tür. Der Junge hatte so süß ausgesehen und ich hätte gerne mit ihm geredet. Vielleicht wohnte er in der Nähe und würde mir die Stadt zeigen? Wir würden uns ineinander verlieben und ich hätte endlich auch einen richtigen Freund! Beethovens neunte Sinfonie dröhnte im Hintergrund. Vielleicht hatte ich mir alles auch nur eingebildet. Es war so unwirklich gewesen, fast wie ein Traum.

Endlich fiel mir der Code wieder ein und ich gab ihn in das Kästchen neben der Tür ein. Wie von Geisterhand öffnete sich die Haustür. Gleichzeitig verstummte die laute Musik.

Nein, ich hatte nicht geträumt. Irgendjemand war vor der Tür gewesen. Neugierig hob ich ein dünnes Heft vom Boden auf. *FFF*, stand in Druckbuchstaben auf dem Titelblatt und klein darunter: *Fußballfreunde Friedingen.* Ich blätterte die Zeitschrift durch – lauter Fotos von Fußballmannschaften und ähnlich spannende Dinge –, bis mir ein gelber Zettel entgegenfiel. *Wir suchen dringend Nachwuchs für unsere Jugendmannschaft*, las ich. *Ruf uns an, wenn du sportlich interessiert bist und eine tolle Gruppe suchst.*

Ich zog meine dicken Winterpullover aus, setzte mich auf die oberste Treppenstufe und dachte nach. Klar, der Junge war vom Fußballverein gekommen, wahrscheinlich hatte er erfahren, dass wir neu eingezogen waren, und wollte Albert als Mitglied für seinen Verein werben. Vielleicht würde sich Albert mit ihm anfreunden, dann würde er mich kennen lernen und mich nett finden und …

Leider gab es bei der ganzen Sache ein kleines, aber nicht unwesentliches Problem. Albert hasst Sport, vor allem Fußball. Aber ich wollte unbedingt diesen Jungen kennen lernen und dafür war ich bereit einiges zu tun.

Als Erstes musste ich nochmals Anne anrufen.

»Du, Sandra, sei mir nicht böse, aber ich kann nicht lange reden«, sagte sie. »Jonas holt mich in einer Viertelstunde ab und ich weiß noch nicht genau, was ich anziehen soll. Es wäre alles viel einfacher, wenn du hier wärst.«

»Komm du doch«, sagte ich schnell. »Anne, wir

haben doch ausgemacht, dass du mich besuchen kommst.«

Sie zögerte. »Ja, hab ich versprochen. Klar, ich will ja auch kommen. Aber jetzt läuft die Sache mit Jonas und ... Sandra, bist du mir sehr böse, wenn wir es einfach verschieben? Ich komm auf alle Fälle noch in den Ferien, ganz bestimmt. Und ich bring dir auch mein blaues Top mit, das ist mir sowieso zu klein und dir hat es doch gefallen, oder? Und –«

»Okay«, unterbrach ich ihren Redeschwall. Ich schluckte meine Enttäuschung hinunter. »Ich hab im Moment auch genug zu tun.«

»Klar, du musst bestimmt Umzugskisten auspacken. Tut mir echt Leid für dich, vor allem, weil du ja niemanden in diesem komischen Friedingen kennst.«

Ich bemühte mich zu lachen. »Ich packe keine Umzugskartons aus«, behauptete ich. »Ich unternehme ziemlich viel. Mit ... na ja.«

»Ey, sag bloß, du hast jemanden kennen gelernt! Das wäre ja super!«

Na ja, kennen gelernt hatten wir uns noch nicht, aber es war bestimmt kurz davor.

»Genau«, sagte ich bloß. »Du, wahrscheinlich kommt er gleich vorbei, ich muss mal Schluss machen.«

Dann legte ich auf. Anne brauchte nicht zu glauben, dass sie als Einzige einen Freund hatte.

Kaum hatte ich aufgelegt, da klingelte das Telefon. Es war Albert, mein viel beschäftigter älterer Bruder, der sich erkundigte, ob etwas Essbares da sei oder ob er lieber in der Stadt essen gehen sollte.

»Es ist überhaupt nichts da. Der Kühlschrank ist immer noch nicht angeschlossen. Vielleicht kannst du ja mal so nett sein und dir was einfallen lassen. Zum Beispiel, wie man die blöde Klimaanlage ausstellt. Du musst dich doch damit auskennen. Schließlich bist du der Computerexperte hier. Ich musste zwei Winterpullis und dicke Socken anziehen. Und die Rollos kriege ich auch nicht hoch. Und außerdem vergehe ich vor Hunger«, klagte ich. Dann fiel mein Blick auf die Werbeanzeige auf der Rückseite des Fußballheftes. »Du, Albert, ich hab 'ne prima Idee: In der Bodestraße gibt es einen Pizzaservice. Kannst du da nicht was mitbringen? Ich hätte gern 'ne große Pizza Funghi oder besser gleich zwei.«

»Friedingen ist eigentlich gar nicht so übel«, meinte Albert beim Essen. »Man muss nur was unternehmen. Aber wenn du den ganzen Tag hier in diesem Tiefkühlhaus rumhockst und deinen Freundinnen nachtrauerst, wird das nichts, das kannst du mir glauben. Ich, zum Beispiel –«

»Stimmt«, unterbrach ich ihn und stibitze mir ein Eckchen Pizza von seinem Teller. »Genau daran hab ich auch gedacht. Es gibt hier zum Beispiel einen Fußballklub, und die suchen dringend neue Spieler zwischen 15 und 17 Jahren. Das wäre genau das Richtige für dich.«

Albert starrte mich an. »Fußball? Bist du verrückt?«

»Ja«, sagte ich, »Fußball. Mensch, Albert, alle Jungs spielen Fußball, da kannst du doch auch mal …« Ich zog das sorgfältig zusammengefaltete Heft aus meiner Hosentasche. »Sieh mal hier! Die suchen Nachwuchs und du hast gerade eben gesagt, dass man was unternehmen muss.«

Alberts Handy klingelte. Er sprang auf und verschwand im oberen Stockwerk. Ich versuchte zu lauschen, aber er sprach entweder sehr leise oder das Haus war tatsächlich so gut isoliert, wie Papa immer behauptete.

Irgendwie musste ich meinen Bruder so weit kriegen, dass er in den Fußballverein ging. Dann würde ich irgendwann dort aufkreuzen und diesen Jungen kennen lernen, in den ich mich schon fast verliebt hatte. Nur fast? Ich hatte ja schon Herzklopfen, wenn ich nur an ihn dachte.

Pfeifend kam Albert die Treppe herunter. Er schien plötzlich allerbester Laune zu sein. Das musste ich ausnützen.

»Also, kann ich mal bei dem Verein anrufen und dich anmelden?«, fragte ich mit Unschuldsmiene.

»Verein?«

»Fußballverein. Wir haben doch gerade ausgemacht, dass du in den Fußballverein gehst, um Leute kennen zu lernen. Das mit der Anmeldung erledige ich gern für dich.« Das war mir gerade so eingefallen. Ich würde einfach dort vorbeigehen, fragen, wie der Junge hieß, der das Heft gebracht hatte, und ihn dann anrufen.

Mein Bruder schüttelte den Kopf. »Ich hab dir

vorhin schon gesagt, dass Fußball nichts für mich ist. Außerdem will ich in der neuen Schule einen Computerkurs machen.« Er grinste. »Bei Computern bin ich unschlagbar. Das weißt du doch. Und in der Schule ist es bestimmt auch um einiges wärmer als hier.« Er holte das Tablett und räumte den Tisch ab.

Ich stutzte. Was war denn plötzlich mit Albert los? Normalerweise drückt er sich, so gut es geht, vor Hausarbeit.

Mit einem Schwammtuch bearbeitete er die Tischplatte und fragte mich dabei ganz beiläufig, was Mädchen eigentlich von Jungs mit Haargel halten würden.

»Wie bitte?«, sagte ich.

Albert wurde so rot wie das Schwammtuch in seiner Hand. »Na ja, finden Mädchen das gut oder macht man sich als Junge da vielleicht lächerlich oder ...«

»Oder was?« Am liebsten hätte ich laut gelacht. Albert, der sich sonst nur für Computer interessiert, redete von Haargel. Dahinter musste mehr stecken! »Das kommt ganz auf das Mädchen an«, sagte ich vorsichtig. »Wie heißt sie denn?«

Albert errötete noch mehr.

»Wie heißt sie? Was macht sie? Wie alt ist sie?« Ich konnte mir das Grinsen nicht mehr verkneifen.

»Du bist schlimmer als Mama!« Albert bekam langsam seine normale Gesichtsfarbe wieder. »Na ja, vielleicht kannst du mir ein paar Tipps geben, worauf Mädchen so stehen. Also, Carolin ist einfach toll, weißt du. Sie sieht unheimlich gut aus und ist wahnsinnig nett und … « Er verdrehte die Augen. »Sie ist meine Traumfrau, wenn du verstehst, was ich meine.«

»Klar«, sagte ich, »klar versteh ich, was du meinst.« Ich konnte mir bloß nicht vorstellen, dass so ein überirdisches Wesen sich in meinen Bruder verliebte. »Und wo liegt das Problem?«

Albert sah mich verständnislos an. »Na, in den Haaren. Ich meine natürlich im Haargel. Soll ich oder soll ich nicht?«

Albert mit Haargel! Ich lächelte milde. »Vielleicht solltest du besser zuerst was gegen unreine Haut tun. Ich will dir ja nicht reinreden, aber das wäre im Moment hundertprozentig sinnvoller.«

Mein Bruder sah mich entsetzt an. »Du meinst, die paar Pickelchen stören Carolin?«

Ich nickte erbarmungslos. »Genau! Die paar Pickelchen stören sie garantiert. Außerdem stört es sie sicher auch, dass du grauenhaft unsportlich bist. Weißt du«, ich beugte mich zu ihm vor und blickte ihn schwärmerisch an, »wir Mädchen finden sportliche Jungs einfach besser.«

Albert glotzte bloß.

»Vor allem Fußball finden wir echt toll«, setzte ich nach. »Aber du willst ja nicht! Schade! Sonst wäre ich mal bei dem Verein vorbeigegangen und hätte mich um alles gekümmert.«

Albert guckte unsicher. »Vielleicht hast du ja Recht. Ich frag mal Carolin, was sie so von Fußball hält. Aber das größere Problem im Moment sind meine Pickel. Meinst du wirklich, die stören?«

»Deine Freundin wird natürlich kein Wort sagen«, behauptete ich. »Und vielleicht erzählt sie dir sogar, dass sie Fußball bescheuert findet, aber das darfst du nicht glauben. Ich hab da mehr Erfahrung. Ich bin ja schließlich ein Mädchen.«

Albert hörte mir aufmerksam zu und nickte.

Ich musste unbedingt am Ball bleiben. »Am besten melde ich dich im Verein an und du überraschst sie dann damit! Okay?« Ich strahlte meinen Bruder an.

Er versuchte zu lächeln. »Wenn du so weiterredest, glaube ich am Schluss selber, dass ich unbedingt Fußball spielen sollte. Aber jetzt sag doch mal, hast du nicht irgendwas gegen Pickel?«

Ich überlegte kurz. Albert war inzwischen zu allem bereit. Carolin schien ihn so zu interessieren, dass er – zumindest vorübergehend – sogar mir mal was glaubte. Ich seufzte. Ob ich den süßen Jungen je kennen lernen würde? Und würde er mich auch so toll finden wie Albert diese Carolin? Ich seufzte wieder. Es war alles so schwierig.

»Was schaust du so komisch? Du wolltest dir doch was gegen die Pickel überlegen.« Albert fingerte an seinem Kinn rum und schien im Geiste seine Pickel zu zählen. »Gibt's da nicht so Pickelstifte? Du hast doch bestimmt irgendwas in der Art. Carolin wartet nämlich um halb vier vor der Schule auf mich und da will ich einigermaßen gut aussehen. Also, gib mir mal deinen Pickelstift. So kann ich wirklich nicht gehen.« Albert wurde immer hektischer.

Ich setzte mich neben meinen Bruder. »Weißt

du, Albert, das ist nicht so einfach, wie du denkst. Ein Pickelstift braucht eine ganz bestimmte Temperatur, damit er überhaupt wirkt. Bei diesen Minusgraden hier«, ich klapperte kurz, aber effektvoll mit den Zähnen, »wirkt nicht mal der teuerste Pickelstift. Der braucht nämlich genau zwanzig Grad Celsius, damit er alle, aber auch wirklich alle Pickel überdeckt.«

Ich lehnte mich zurück. Sollte mein Bruder sich doch was einfallen lassen. Ich hatte jedenfalls die Nase voll davon, in einem Hightechhaus mit dreizehn Grad Innentemperatur zu frieren, bloß weil die Erziehungsberechtigten nicht in der Lage waren, für ein angenehmeres Klima zu sorgen.

Und es klappte! Mein Bruder rief Papa an, störte ihn in einer wichtigen Besprechung, quetschte aus ihm die Nummer des Maklers, der dieses grandiose Haus verkauft hatte, heraus, gab sich dort als Papa aus und schaffte es immerhin, Infos über die Klimaanlage zu bekommen.

Dann stürmte er in den Keller, aber vorher forderte er mich noch auf, schon mal alles bereitzulegen, damit ich seine Pickel übermalen könnte. Natürlich gelang es ihm nicht, die hochintelligente Klimaanlage zu überlisten. Die Temperatur blieb konstant bei dreizehn Grad und Albert musste sich schließlich mit einigen Pickeln am Kinn und auf der Stirn auf den Weg zu seiner Eroberung machen.

Ich öffnete die Eingangstür, schob eine Fußmatte davor, damit die Tür nicht versehentlich zufiel, und setzte mich auf die halbkreisförmig vor dem

Haus angeordneten Stufen. Die Sonne brannte, wie es sich für eine Augustsonne gehörte, und im Nachbargarten blühten Lobelien und Löwenmäulchen und viele Blumen, deren Namen ich nicht kannte. Wenn unser Grundstück bis auf eine kleine Ecke, in der zwei Pflaumenbäume standen, nicht eine einzige braune Schuttwüste gewesen wäre, wäre es richtig schön gewesen.

Ich holte mir das Telefon, atmete tief durch und rief die Nummer des Fußballvereins an. Vor lauter Aufregung verwählte ich mich zweimal und als ich beim dritten Mal endlich die richtige Nummer hatte, informierte mich ein krächzender Anrufbeantworter, dass der Fußballverein in seiner wohlverdienten Sommerpause sei, ab 15. September freue man sich über nette Anrufe.

Ich wollte schon frustriert wieder auflegen, da nahm jemand den Hörer ab und eine Stimme, total außer Atem, meldete sich. »Ja?«

»Hallo«, sagte ich, »ich wollte mal fragen … also, ich hab da so ein Heft bekommen … und da werden Leute gesucht für die Jugendmannschaft –«

»Ach so«, unterbrach mich der Junge am anderen Ende der Leitung. Er lachte. »Finde ich toll, dass du dich so schnell meldest. Wir haben dreihundert Hefte verteilt und bis jetzt haben sich erst sieben Leute gemeldet. Ich bin übrigens der Max und trainiere die Mädchenmannschaft.«

Die Mädchenmannschaft? Ich schluckte. Das würde ja bedeuten, dass …

»Ich interessiere mich wahnsinnig für Fußball«,

behauptete ich schnell. »Ich wollte schon immer in einer Mannschaft spielen.«

»Da bist du bei uns genau richtig«, lachte er. »Wir suchen sportliche Mädchen, die auch mal bereit sind sich reinzuhängen.«

Oh Gott, dachte ich, aber da musste ich durch. Einen kurzen Moment lang erinnerte ich mich an Papas Fußballbegeisterung und an die Jungs aus meiner früheren Klasse, die völlig verschwitzt und fertig vom Fußballplatz ins Klassenzimmer gekommen waren. Aber die Stimme klang unheimlich nett. Vielleicht war er es sogar gewesen, den ich vor unserer Haustür gesehen hatte.

Ich räusperte mich und dann fragte ich ihn direkt: »Sag mal, hast du auch in der Gartenstraße Prospekte verteilt?«

»Ja«, sagte er, »aber –« Ein ohrenbetäubender Lärm unterbrach ihn. »Die Handwerker sind hier«, brüllte er ins Telefon. »Am besten kommst du mal vorbei. Ich bin noch 'ne Stunde da, okay?«

Ratlos stand ich vor den Umzugskartons in meinem Zimmer. Was sollte ich anziehen? Kleid fiel aus, das wirkte nicht sportlich genug. Andererseits hatte ich keine Lust im Jogginganzug zu gehen.

Ich musste unbedingt Anne anrufen. Sie kannte sich mit solchen Dingen viel besser aus als ich. Wenn ich Glück hatte, war sie noch nicht mit Jonas weggegangen.

Sie meldete sich sofort. »Ich dachte, es sei Jonas«, sagte sie. »Ist was passiert? Du klingst so hektisch.«

»Allerdings ist was passiert«, sagte ich. »Du, Anne, ich hab den süßesten Jungen kennen gelernt und treff mich in einer Stunde mit ihm.«

Anne lachte kurz. »Du hast doch vorhin gesagt ... Ist das schon wieder ein anderer?«

»Nein, das ist ziemlich kompliziert. Ich erklär's dir später. Ich brauche deinen Rat. Er spielt Fußball und wir treffen uns auf dem Fußballplatz. Ich hab so getan, als ob ich sportlich wäre.«

Anne sagte gar nichts. Ich hörte nur, wie sie laut die Luft einzog.

»Ich brauche jedenfalls irgendwas, was mich sportlich aussehen lässt«, fügte ich schnell hinzu.

»Du hast in Sport 'ne Gnadendrei gekriegt«, erinnerte sie mich. »Wenn du mit dem Typ um die Wette laufen willst, dann kriegst du den nie.«

»Ist mir schon klar, aber im Moment gibt es keine andere Möglichkeit, ihn kennen zu lernen. Wenn er sich erst mal in mich verliebt hat, dann ist es ihm wahrscheinlich egal, ob ich Fußball bescheuert finde oder nicht. Was würdest du an meiner Stelle anziehen?«

»Kurze Hose, Joggingschuhe.« Sie lachte. »Das ist dann zwar Vortäuschung falscher Tatsachen, aber egal. Und vielleicht ein T-Shirt mit *Olympia* oder *Deutscher Fußballmeister* drauf. Mein Bruder hat so was. Guck doch mal bei Albert im Schrank.« Sie zögerte kurz. »Oder vielleicht doch besser Jeans. Sonst sieht man gleich, dass du keine Fußballerwaden hast.«

»Jeans sind in Ordnung. Aber ich dachte eher an das weiße T-Shirt mit den Rosen.«

»Bist du wahnsinnig? Das kannst du anziehen, wenn ihr abends spazieren geht, aber doch nicht auf dem Fußballplatz.«

Während Anne mir Ratschläge gab, durchwühlte ich die Umzugskartons, bis ich endlich ein T-Shirt fand, das Annes Ansprüchen in etwa entsprach.

»Also optimal ist es nicht«, sagte sie, »aber mit ein bisschen gutem Willen kann man es akzeptieren. Jedenfalls solltest du blauen Lidschatten auflegen. Das passt farblich gut zu den Jeans. Und den Lidstrich nicht zu dick. Denk dran, es ist Nachmittag.«

»Okay, okay, warte«, sagte ich und rannte mit dem Telefon in der Hand ins Bad. »Womit soll ich anfangen?«

Anne stöhnte leise auf. »Ich hab dir schon vor einem halben Jahr gesagt, wenn du dich regelmäßig schminken würdest, dann könntest du es auch«, sagte sie. »Fang erst mal mit Make-up an. Aber beeil dich, Jonas kommt gleich.«

Unschlüssig starrte ich auf die vielen verschiedenen Tiegel und Tuben in Mamas Schminkkoffer und griff schließlich zu *Perfect Teint – Goldbronze* und schmierte mir das Zeug ins Gesicht. Erfolgreich, wie ich fand. Vor Minuten noch hatte ich im kalten Licht des Badezimmers ausgesprochen blass und elend ausgesehen, aber mit *Perfect Teint – Goldbronze* blühte ich richtig auf.

»Und jetzt Rouge drauf«, sagte Anne. »Und danach machst du dich an die Wimpern. Und dann noch ein bisschen Lippenstift, aber nicht zu viel.

Also, viel Glück, Jonas hat geklingelt, ich muss Schluss machen.« Sie hatte aufgelegt.

Ich suchte in Mamas Schminkkoffer Wimperntusche. Dann fuhr ich mir mit einem bräunlichen Lippenstift die Lippen nach und besprühte mich mit Papas Herrenparfüm. *Winner* hieß das Zeug, *mit der sportlichen Note.* Nach einer Dreiviertelstunde verließ ich ziemlich zufrieden das Haus.

Zwanzig Minuten später stand ich vor dem Clubhaus des Fußballvereins Friedingen. Natürlich war ich nervös und außerdem geschafft von der Radfahrerei. Zweimal hatte ich mich verfahren, hatte das Rad einen steilen Berg hochschieben müssen, war total außer Atem und ziemlich verschwitzt. Aber nun war ich endlich da.

Die Tür war angelehnt.

»Hallo!«, rief ich. »Ich bin's, Sandra. Ich hab vorhin angerufen!«

Im Halbdunkel am Ende des Flures öffnete sich eine Tür.

Ich schloss die Augen. Ich würde ihn anlächeln und ihm sagen, dass …

»Hier den Gang lang«, rief eine Mädchenstimme. »Max, kannst du mal kommen?«

Blöd, dass wir nicht allein waren.

Das Mädchen lehnte mit verschränkten Armen an der Tür. Sie musterte mich kritisch. »Willst du in die Mädchenmannschaft?«, fragte sie. »Wir trainieren Montag, Mittwoch und Samstag. Wir sind eine gute Mannschaft und verlangen totale Einsatzbereitschaft. Wer dreimal unentschuldigt fehlt, fliegt raus. Außerdem müssten deine Eltern sich bereit erklären, einmal im Monat alle Trikots zu waschen.«

»Ja«, sagte ich, »klar. Ich hab vorhin mit Max telefoniert und ausgemacht, dass ich vorbeikomme.«

Sie deutete auf einen Bürostuhl im Zimmer. »Setz dich, bis Max da ist. Also, ich verschwinde dann mal wieder.«

Na bitte, dachte ich, es läuft doch prima. Vor dem Spiegel über dem kleinen Waschbecken tupfte ich mir mit einem Taschentuch vorsichtig den Schweiß von der Stirn, dann setzte ich mich wieder und wartete.

Weil die Luft in dem kleinen Raum so stickig war, öffnete ich nach einer Weile das Fenster. Der Fußballplatz befand sich auf einer Anhöhe, Friedingen lag unten im Talkessel. Der Himmel war blau und es war richtig schön. Wie auf einer Postkarte, dachte ich und überlegte schon, ob ich Anne vielleicht gleich schreiben sollte.

Auf dem Parkplatz vor dem Clubhaus trainierte ein pummeliger Junge. Er hatte mit zwei Dosen ein Tor markiert und schoss aus unterschiedlichen Positionen, wobei er sich immer wieder selbst anfeuerte.

Ich musste grinsen. Ob so was von mir auch erwartet wurde?

Ich schloss das Fenster wieder. Wo blieb eigentlich Max? Ich ging in den Flur.

»Max?«, rief ich, zuerst leise, dann lauter.

Aber außer mir schien niemand im Clubhaus zu sein. Ich ging zum Parkplatz.

»Sag mal«, rief ich dem Jungen zu, der schweißüberströmt seinem Ball nachrannte, »weißt du, wo Max ist? Ich warte seit zehn Minuten auf ihn.«

»Moment, der Ball muss noch rein«, stieß er völlig außer Atem hervor. Dann jubelte er »Treffer« und ließ sich auf den Asphalt sinken. »Puh, sechzigmal getroffen, das ist mein Rekord!«

»Toll«, sagte ich. »Ich bin schwer beeindruckt. Und wo ist Max?«

Er lachte. »Ach, du hast vorhin angerufen. Stimmt's? Entschuldige, hab ich leider total verschwitzt.« Er stand auf. »Ich bin Max! Gehen wir ins Büro!«

Ich starrte ihn an. »Du bist Max? Aber …« Hatte er nicht gesagt, dass er die Hefte ausgetragen hatte?

»Du kannst auch Maximilian zu mir sagen, wenn dir das besser gefällt«, meinte er. »In welcher Mannschaft hast du bisher gespielt?«

»Ich fange eigentlich erst mit Fußball an«, erklärte ich hastig. »Ich wollte mich deshalb mal mit dem Jungen unterhalten, der den Prospekt bei uns in den Briefkasten geworfen hat. Du weißt nicht zufällig, wie der heißt? Du warst es jedenfalls nicht!«

Max wischte sich mit dem Ärmel den Schweiß von der Stirn. »Ja«, sagte er desinteressiert, »kann schon sein. Ist ja auch egal. Jedenfalls bist du bei mir genau richtig. Ich teile nämlich die Mannschaften ein. Bist du eine gute Sprinterin?«

»Ja«, stotterte ich. »Nein, eigentlich doch weniger. Ich weiß nicht so genau.«

Er musterte mich. »Komm einfach zum Leistungstest am nächsten Mittwoch. Achtzehn Uhr, mit Sportklamotten. Wir finden dann schon raus, ob du in die Anfängergruppe oder vielleicht sogar in die Pokalmannschaft kommst. Danach können wir die Anmeldung machen.«

»Mittwoch, achtzehn Uhr«, wiederholte ich langsam. Wie sollte ich es bloß schaffen, in weniger als einer Woche sportlich zu werden?

Max nickte und Sekunden später schoss er schon wieder auf sein Tor.

Ich schloss mein Fahrrad auf und wollte gerade losradeln, da entdeckte ich das Foto in der Schautafel. Zwar war es von der Sonne ziemlich ausgebleicht, aber ich erkannte ihn sofort an seinen dunklen Locken. Umringt von Mädchen in Fußballtrikots und einen Pokal in der linken Hand. Ich merkte, wie mir ganz heiß wurde.

Unsere erfolgreiche Mädchenmannschaft mit ihrem Trainer nach dem ersten Pokalsieg, hatte jemand mit Druckbuchstaben darunter geschrieben.

Also gut, dann würde ich eben Fußball spielen!

Ich radelte wieder los, dieses Mal in Richtung Innenstadt. Nun aber nicht so gemütlich wie eine Stunde zuvor, sondern olympiaverdächtig. Bis zum Test musste ich eine irre gute Kondition bekommen. Vielleicht sollte ich mir einen Fußball kaufen und zu Hause trainieren. Und ein Buch über Fußballregeln würde auch nicht schaden.

Da entdeckte ich den Trödelmarkt am Bahndamm. Weil ich total außer Puste war, beschloss ich eine kleine Pause einzulegen. Ich schob mein Fahrrad an Ständen mit alten Büchern und Stichen vorbei, an Secondhandkleidung der siebziger Jahre und wollte gerade wieder losfahren, da entdeckte ich den bärtigen Typ mit seinem Bauchladen. Der Mann war bestimmt schon fünfzig, aber er sah einfach witzig aus mit der riesigen Schublade, die er mit Hosenträgern befestigt vor sich herschob.

Er schien meinen Blick bemerkt zu haben, denn er kam auf mich zu und meinte, er habe genau das Richtige für mich. »Diese Ohrringe hier haben nur auf dich gewartet.«

Die Ohrringe, die er in die Höhe hielt, sahen toll aus – Silber mit Türkis – aber ich schüttelte den Kopf. Ich sollte mir lieber ein Fußballbuch kaufen.

»Mit den Ohrringen verdrehst du jedem Jungen den Kopf«, sagte der Mann und zwinkerte mir zu. »Ich mach dir auch einen Sonderpreis.«

Sagt nicht Mama immer, dass man erst investieren muss, bevor man etwas bekommt? Die Ohrringe würden meine Investition in die Zukunft sein. Außerdem: Wer sagt denn, dass man mit Ohrringen nicht auch gut Fußball spielen kann?

Ich nickte. Leider hatte ich nicht genug Geld dabei, aber irgendwie gelang es mir, den Preis runterzuhandeln.

»Das ist ja halb geschenkt«, meinte der Mann, als er mir die Ohrringe in ein Tütchen steckte. »Vor ein paar Jahren war Handeln in Deutschland noch nicht üblich. Ich hab damals, wenn mir mein

Geld nicht reichte, zur Gitarre gegriffen und in der Fußgängerzone Musik gemacht. Aber die jungen Leute von heute ...«

»Genau!«, sagte ich, lächelte ihn freundlich an und stieg auf mein Fahrrad. Ich hatte absolut keine Lust, mir irgendeinen Vortrag über die gute alte Zeit anzuhören.

An der nächsten Straßenecke holte ich die Ohrringe aus der Tüte und steckte sie an. Zufrieden musterte ich mich im Seitenspiegel eines Autos. Friedingen gefiel mir schon wesentlich besser. Vielleicht sollte ich mir noch mehr verrückte Sachen kaufen.

Ich wollte mich gerade auf die Suche nach dem Heimweg machen, da hatte ich plötzlich die Idee: Annes Bruder würde mich trainieren! Er spielte seit seinem fünften Lebensjahr Fußball und kannte sich aus.

Ich fuhr zum Bahnhof, parkte mein Rad vorschriftsmäßig am Fahrradständer, schloss es sorgfältig ab. Mit klimpernden Ohrringen betrat ich den Bahnhof, um mich nach Abfahrtszeiten und Fahrpreisen der Züge nach Ludwigsstadt zu erkundigen.

Ich hatte unheimlich gute Laune, als ich ein paar Minuten später aus dem Bahnhofsgebäude kam. Gleich morgen oder übermorgen würde ich losfahren oder vielleicht am Wochenende.

In meinem Rucksack fischte ich nach dem Fahrradschlüssel, leider vergeblich.

»Mist!«, fluchte ich halblaut. Das hatte mir gerade noch gefehlt.

Ich durchwühlte den Rucksack – ohne Erfolg! Irgendwo hier im Bahnhof musste ich meinen Fahrradschlüssel verloren haben.

Also machte ich mich auf die Suche. Und ich hatte Glück. Eine junge Frau mit Kopftuch, die in der Bahnhofshalle wischte, kam auf mich zu und hielt mir mit fragender Miene meinen Schlüssel vor die Nase.

»Danke«, sagte ich und strahlte sie an. »Danke, dass Sie meinen Schlüssel gefunden haben.«

Ich rannte zum Fahrradständer und wollte das Rad aufschließen, aber irgendetwas stimmte nicht. Sosehr ich auch am Schloss rüttelte, der Schlüssel ließ sich nicht drehen.

»Blödes Schloss!«, fluchte ich und hätte am liebsten dem Rad einen Tritt gegeben, wenn mich nicht ein älteres Ehepaar auf der Bank gegenüber misstrauisch beobachtet hätte.

Also setzte ich mich auf einen Blumentrog mit halb verdorrten Geranien, um nachzudenken. Die Hitze machte einen wahnsinnig. Man konnte überhaupt keinen klaren Gedanken mehr fassen.

Ich brauchte unbedingt was zu trinken. Am besten, ich kaufte mir gleich was am Kiosk vor dem Bahnhof. *Eisgekühlte Getränke*, stand da ganz groß.

Ich stand auf, setzte mich aber gleich wieder. Siedend heiß war mir eingefallen, dass ich mein letztes Geld für die tollen Ohrringe ausgegeben hatte. Ich holte meinen Geldbeutel aus dem Rucksack, in der Hoffnung, dass sich vielleicht irgendwo noch ein paar Euros versteckt hatten, aber alles, was ich entdeckte, war eine verbogene Büroklammer.

Im Märchen kommt einem in solch einer Situation meist eine gute Fee zu Hilfe, aber leider war ich in keinem Märchen, sondern in einer mittelgroßen süddeutschen Stadt mit mindestens 33 Grad Celsius im Schatten. T-Shirt und Jeans waren völlig durchgeschwitzt, meine langen Haaren waren feucht vom Schweiß und die Zunge klebte mir am Gaumen. Ich wollte nur noch was trinken.

Irgendwo in der Nähe vom Bahnhof musste eine Parkanlage sein. Papa hatte vor kurzem davon erzählt. Das war sein erster Entwurf gewesen und er hatte damit gleich einen Preis gewonnen, für richtungsweisende Architektur oder so ähnlich. Beim Abendessen neulich hatte mich das nur mäßig interessiert, aber jetzt konnte ich mir nichts Schöneres vorstellen als eine Parkanlage. Schatten spendende Bäume, Springbrunnen, vielleicht sogar mit Trinkwasser. Oder man konnte die Beine in den Brunnen halten.

Die Parkanlage war nur drei Minuten vom Bahnhof entfernt. Ich war richtig stolz, als ich das Schild entdeckte: *Parkanlage – Design: Prof. Ottmar Winkler.*

Aber ich hätte es ahnen können! Wenn mein Vater etwas entwarf, dann war es ganz modern. Keine Bäume und Springbrunnen mit altertümlichen Figuren oder so. Von wegen. Die Parkanlage bestand aus einer Menge verchromter Säulen, die merkwürdige Schlangenlinien bildeten und bestimmt irgendwas wahnsinnig Wichtiges ausdrückten, aber keinen Schatten spendeten. Aus einer dieser Säulen rann ein müder Wasserstrahl und mündete in ein kleines Becken, aber leider in etwa zweieinhalb Metern Höhe und damit unerreichbar für mich. Außerdem war das Wasser grün eingefärbt und bestimmt nicht genießbar.

Ich war die Einzige in dem preisgekrönten Designerpark. Alle anderen menschlichen Lebewesen hatten schon längst die Flucht angetreten. Lediglich ein paar Spatzen saßen am Fuß einer der Säulen und pickten am Boden herum.

Ich musste unbedingt was trinken.

Einen Moment lang überlegte ich, ob ich irgendwo klingeln und um ein Glas Wasser bitten sollte. Aber es gab hier in der Bahnhofsgegend fast nur Modegeschäfte, Banken, Juweliere und Computerläden und da traute ich mich nicht rein.

Ich schleppte mich wieder zum Fahrradständer, versuchte ein weiteres Mal das Schloss zu öffnen – natürlich wieder vergeblich – und zerrte das Rad schließlich unter den argwöhnischen Blicken des Rentnerehepaars hinter mir her.

»Ist das auch dein Rad?«, rief der Mann mir nach, aber ich beachtete ihn einfach nicht.

Wie eine Fata Morgana tauchte das Schild *Eisgekühlte Getränke* wieder vor mir auf und da hatte ich den Geistesblitz.

- 2 -

Was hatte der Schmuckverkäufer erzählt? Mit der Gitarre hatte er Geld verdient?

Gitarre hatte ich zwar keine dabei, aber ich habe eine hervorragende Stimme. Hatte zumindest die Musiklehrerin in Ludwigsstadt behauptet, und die musste das ja wohl beurteilen können. Sie hatte mich dazu verdonnert, im Schulchor mitzusingen, eine grauenhafte Stunde lang, jeden Mittwoch nach Unterrichtsende. Jetzt würde ich endlich was davon haben, dass ich mich das ganze Schuljahr mit Kantaten rumgeplagt hatte.

Ich musterte den Bahnhofsvorplatz und entschied mich dann für die Unterführung und ein getragenes russisches Volkslied, das die Leute zum Langsamgehen bewegen würde und zum Griff in den Geldbeutel.

Weil ich keinen Hut dabeihatte, riss ich ein Blatt aus dem Fußballheft, das immer noch in meiner Hosentasche steckte, faltete ein Schiffchen daraus und stellte es vor mich hin. Dann baute ich mich vor der Wand mit dem großen Plakat *Plakate ankleben verboten* auf und räusperte mich erst ein paar Mal.

Dann legte ich los. Viermal hintereinander sang ich die russische Ballade, die ich im Schulchor gelernt hatte und die, soweit ich mich erinnerte, von einem einsamen Mädchen handelte.

Irgendwann machte mir die Singerei sogar Spaß, aber leider brachte sie kein Geld. Manche Leute blieben zwar kurz stehen, musterten mich neugierig, aber wenn ihr Blick den meinen kreuzte, gingen sie eilig weiter.

Nach der siebten Wiederholung der Ballade war ich schon kurz davor aufzugeben. Da blieb plötzlich ein Pärchen stehen und hörte mir zu. Ich strengte mich unheimlich an und hätte auch die Nationalhymne oder ein Schlaflied gesungen. Hauptsache, die beiden warfen endlich ein paar Euros in mein Papierschiffchen.

Endlich, nach drei langen Liedern, holte der Mann seine Geldbörse aus der Hosentasche. Die Frau griff hinein, schaute ihn an, er nickte. Ich nickte auch. Super, dachte ich, die beiden verstehen was von Kunst. Ich trällerte vor lauter Begeisterung noch irgendein italienisches Tanzlied und die Münzen fielen mit einem absolut harmonischen Geräusch auf mein Papierschiffchen.

Die Frau hakte den Mann unter, grinste mich an und dann gingen die beiden weiter. Anstandshalber sang ich noch, bis die beiden die Unterführung verlassen hatten.

Dann verlor ich alle Hemmungen und stürzte mich auf die Münzen. Sieben Geldstücke lagen da! Den beiden musste mein Gesang wirklich gefallen haben. Vielleicht sollte ich von der Schule gehen und Sängerin werden! Erfolg hatte ich ja, das konnte man sehen.

Die Ernüchterung kam, als ich die Münzen genauer musterte. Es waren Liremünzen. Die beiden mussten irgendwann in Italien im Urlaub gewesen sein und hatten jetzt eine günstige Gelegenheit gesucht, die nicht mehr gültigen Münzen zu entsorgen. Bei einem der Geldstücke schienen sie sich allerdings vergriffen zu haben: ein Euro lachte mir entgegen. Wenigstens etwas!

Ich trat wieder ins Freie. Die Hitze draußen war inzwischen unerträglich geworden. In der Ferne donnerte es leise; bestimmt würde bald ein Gewitter kommen. Aber ich konnte nicht warten, bis die ersten Regentropfen fallen würden, ich musste sofort etwas trinken.

Kurz entschlossen zog ich mein Fahrrad zum Kiosk mit den *Eisgekühlten Getränken.* Irgendwie musste es mir gelingen, mit dem einen Euro zu etwas Trinkbarem zu kommen. Vielleicht gab man mir ja ein klitzekleines Mineralwasser oder ein Glas Leitungswasser.

»Ein kleines Wasser bitte«, flüsterte ich.

Die alte Frau am Kiosk blickte flüchtig auf. »Was?«, fragte sie.

»Ein kleines Wasser.« Meine Zunge klebte am Gaumen, ich konnte einfach nicht deutlicher sprechen.

»Ein kleines Wasser?«, rief die Frau laut. »Zwei Euro fünfzig.«

Eigentlich hatte ich gehofft zuerst was trinken zu können und mich danach um die blöde Frage mit dem Bezahlen zu kümmern, aber das schien nicht zu klappen. Also beschloss ich weiter einen auf »armes russisches Mädchen« zu machen. Vielleicht konnte ich der Frau ja auch was vorsingen.

»Zwei Euro fünfzig«, wiederholte sie und klappte die Illustrierte, in der sie gelesen hatte, zu.

»Ich haben nur eine Euro«, sagte ich in – wie ich hoffte – gebrochenem Deutsch. »Große Durst. Nur eine Euro!«

Die Frau schien zu überlegen. »Warst das nicht du, die da gerade gesungen hat? In der Unterführung? Mit so viel Gefühl! Wunderschön!«, sagte sie. »Du kriegen Wasser und du dann singen noch mal. Für mich.«

Ich nickte. Reden konnte ich nicht mehr.

»Ein großes Wasser!«, rief die Frau.

»Mit oder ohne Kohlensäure?«, fragte jemand aus dem hinteren Teil des Kiosks.

»Egal«, rief die Frau, »hier verdurstet jemand. Das Mädchen, das vorhin in der Unterführung gesungen hat, muss dringend seine Kehle anfeuchten. Beeil dich mal.«

»Ich komm ja schon, Oma.«

Ich starrte den Jungen, der neben der alten Frau aufgetaucht war, fassungslos an. Dann schüttelte ich den Kopf.

»Trink, Kleine«, hörte ich aus weiter Ferne die Frau sagen, »du bist ja leichenblass. Die Hitze setzt uns allen zu. Und ...«

Den Rest verstand ich nicht mehr. Ich sah bloß noch den dunklen Lockenkopf und die fast schwarzen Augen. Der Junge lächelte mich an und fragte etwas, aber ich konnte nicht antworten.

Nach einem halben Liter Mineralwasser war ich wieder einigermaßen in der Lage, klar zu denken. Meine Situation war bescheuert, eindeutig. Ich sah aus wie eine gebadete Katze, meine Haare hingen strähnig herunter, ich konnte nur noch krächzen und vor mir stand der Junge meiner Träume und lächelte mich lieb an. Und zu allem Überfluss hatte ich mit diesem grauenhaften Kauderwelsch angefangen, das ich wohl oder übel durchhalten musste.

Ich wollte nur noch eins: ganz schnell nach Hause, duschen, mich umziehen und über alles nachdenken. Dann fiel mir wieder mein Fahrrad ein.

»Ich lassen Rad als Pfand hier«, sagte ich schnell. »Ich kommen wieder und holen Rad ab. Dann bezahl ich.«

Der Junge lachte. »Du sprichst aber gut Deutsch«, sagte er anerkennend. »Du kennst ja das Wort ›Pfand‹!«

»Nein, du bezahlst nichts«, mischte sich die Frau ein. »Du hast so schön gesungen. Jetzt nimm dein Rad und fahr heim, bevor es zu regnen beginnt.«

Ich schüttelte den Kopf. Das Rad musste und wollte ich dalassen. Dann hatte ich einen Grund wiederzukommen.

»Nix verstehen!«, behauptete ich. »Fahrrad da!«

»Ich hol mal einen von den Taxifahrern«, sagte der Junge. »Der kommt aus Russland.«

Ich lehnte mein Rad achtlos an den Kiosk und rannte los, Richtung Bushaltestelle. Irgendwie gelang es mir, in den nächstbesten Bus, der gerade losfahren wollte, einzusteigen.

Aufatmend ließ ich mich auf einen Sitzplatz fallen und sah noch das total überraschte Gesicht des Jungen, der, einen älteren Mann neben sich, zum Kiosk lief. Fürs Erste hatte ich genug Russisch geredet.

Als ich nach Hause kam, stand die Tür sperrangelweit offen. Einen Moment lang bekam ich einen Riesenschrecken, dass ich vergessen hatte, sie abzuschließen. Aber dann kam Albert auf mich zu und erklärte mir, die einzige Möglichkeit, die Klimaanlage und Beethovens neunte Sinfonie auszuschalten, sei, die Haustür offen stehen zu lassen.

»Hab ich auch schon gemerkt«, sagte ich bloß. »Ich muss erst mal duschen, ich bin total fertig.«

Ich wollte die Treppe hoch, aber Albert hielt mich am Arm fest. »Du siehst wirklich total fertig aus. Was hast du für komische braune Flecken im Gesicht? Als ob du dich für Fasching geschminkt hast!«

»Danke«, sagte ich beleidigt. »Ich geh ja schon duschen.« Wahrscheinlich hatte er Recht. Ich sah bestimmt völlig daneben aus.

Albert klopfte mir beruhigend auf die Schulter. »Willst du nicht ein bisschen unten bleiben? Ich meine, erst mal akklimatisieren oder so? Wenn du jetzt eiskalt duschst, dann ist das sicher ungesund.«

»Wie bitte?« Seit wann machte sich mein Bruder Gedanken um meinen Gesundheitszustand? »Stimmt irgendwas oben im Bad nicht? Überschwemmung? Spinne?«

Albert nickte. »Riesenspinne. Genau: eine riesengroße Spinne! Im Waschbecken. Du kennst ja die Viecher: dick, schwarz, glotzen dich blöd an und du hast einen Riesenhorror, dass sie dich jeden Moment anspringen könnten. Das will ich dir nicht zumuten.« Er schüttelte sich.

Ich grinste. »Albert, weißt du, man kann über die Schule sagen, was man will. Meistens ist es total überflüssig, was man da lernt, aber die Bio-AG im letzten Jahr hat mir ungeheuer viel gebracht. Ich hab inzwischen ein total entspanntes Verhältnis zu Spinnen. Die haben garantiert mehr Angst vor dir als du vor ihnen. Stell dir doch allein mal die Größenverhältnisse vor. Außerdem sind Spinnen absolut notwendig für unser Ökosystem und –«

»Albert! Ich krieg den Wasserhahn nicht mehr zu«, rief eine fremde Stimme aus dem Badezimmer.

»Ach so«, sagte ich langsam und grinste. »Die scheußlich fette Spinne heißt Carolin, stimmt's?«

Albert guckte betreten. »Na ja, ich hab ihr vom Haus erzählt und da wollte sie mal den Whirlpool ausprobieren und ich dachte, eigentlich ist da ja nichts dabei.«

»Albert!« Carolin klang ziemlich genervt.

Er rannte die Treppe hoch.

»In drei Minuten geh ich unter die Dusche, ob

die Spinne noch da ist oder nicht!«, rief ich ihm nach.

»Spinne? Welche Spinne?«, kreischte Carolin.

Ich war so k.o., dass ich mich am Fuß der Treppe erst mal auf die kühlen Fliesen legte. Eine Yogaübung, mit der uns die Sportlehrerin immer genervt hatte, fiel mir ein. Vielleicht tat es mir zur Entspannung gut, die Beine in die Luft zu strecken. Ich hob langsam erst das linke und dann das rechte Bein und ließ beide langsam kreisen. Die Yogaübung war zwar ein bisschen anders gewesen, aber es tat gut, einfach auf dem kühlen Boden zu liegen.

»Pling!«, machte es neben mir.

Ich drehte den Kopf zur Seite und starrte ziemlich ungläubig auf den Fahrradschlüssel, der aus der Hosentasche meiner Jeans gefallen war.

Langsam dämmerte es mir. Natürlich, so musste es gewesen sein. Ich hatte meinen Fahrradschlüssel in die Hosentasche gesteckt, obwohl ich hätte schwören können, dass ich ihn im Rucksack verstaut hatte, und die Putzfrau am Bahnhof hatte mir einen fremden Schlüssel gegeben.

Das Schicksal hatte an diesem Tag ziemlich zugeschlagen, fand ich und war plötzlich unheimlich glücklich.

Ich würde duschen, mich umziehen und schminken und meine Mutter bitten mich zum Bahnhof zu fahren. Dann würde ich dem Jungen von meinem Missgeschick mit dem Schlüssel erzählen und vielleicht auch, dass ich gar keine Russin bin. Oder ich würde mir dieses Geständnis bis zum Leistungstest im Fußballverein aufbewahren und erst mal sehen, wie der Typ so ist. Ob er Humor hat …

Ich fröstelte. Um mich herum was es kalt und stockdunkel. Von irgendwoher konnte ich Stimmengewirr hören.

Ich richtete mich halb auf. Wo war ich?

Ich tastete mit beiden Händen herum, bis ich einen Gegenstand berührte. Ein Glas Wasser vielleicht? Bevor ich noch reagieren konnte, fiel etwas klirrend zu Boden und Sekunden später wurde die Tür aufgerissen.

Mama!

»Du machst vielleicht Sachen«, sagte sie kopfschüttelnd und deckte mich mit der dicken Steppdecke, die zu Boden geglitten war, zu.

»Mama, ich muss dringend zum Bahnhof. Mein Fahrrad …«

Sie schüttelte den Kopf. »Wir messen lieber mal Fieber bei dir. Ich glaube, die Klimaanlage ist viel zu kalt eingestellt.«

»Ich muss zum Bahnhof«, wiederholte ich und wollte aufstehen. »Dort steht mein Rad am Kiosk.«

»Sandra! Es ist fast Mitternacht und du bleibst im Bett, verstanden? Als ich um halb acht nach Hause kam, lagst du auf dem Fußboden. Du kannst dir gar nicht vorstellen, was für einen Schrecken ich bekommen habe. Albert hat mir dann geholfen dich hochzutragen. Am liebsten hätte ich den Arzt gerufen. Du warst völlig ausgekühlt.« Sie deckte mich sorgfältig zu. »Wärmflasche?«

Ich schüttelte den Kopf.

»Wie gut, dass Albert gerade Besuch von einem Mädchen hatte, mit dem er nächstes Jahr einen Rote-Kreuz-Kurs machen will. Diese Caroline kennt sich prima aus und hat sich sofort um dich gekümmert. Ein wirklich reizendes Mädchen!«

Das wirklich reizende Mädchen und mein allerliebster Bruder Albert haben drei Stunden lang nicht gemerkt, dass ich unten an der Treppe lag, dachte ich, aber ich sagte lieber nichts. Mama würde nur unangenehme Fragen stellen und Albert würde dann mir hinterher die Schuld geben.

»Also, jetzt schlaf schön«, sagte Mama und beugte sich vor, um mir einen Gutenachtkuss zu geben. »Dein Fahrrad kannst du auch morgen noch holen. Du hast es doch abgeschlossen, oder?«

»Ja«, sagte ich brav und drehte mich zur Seite.

Ich würde in dieser Nacht von dem Jungen am Kiosk träumen, das wusste ich ganz genau.

Aber in dieser Nacht träumte ich bloß von Anne und komischerweise von Carolin. Die beiden saßen zusammen auf meinem Sofa und unterhielten sich über Spinnen. Dann klingelte das Telefon, aber keine von beiden dachte daran abzunehmen. »Geht doch endlich ans Telefon«, wollte ich rufen. Aber meine Kehle war so trocken, dass ich keinen Ton herausbekam.

Es dauerte eine Weile, bis ich wach wurde und kapierte, dass tatsächlich das Telefon läutete. Ich sprang aus dem Bett, rannte, immer dem Läuten nach, durchs ganze Haus, bis ich das Telefon endlich gefunden hatte.

»Sag mal, dich erreicht man gar nicht mehr«, sagte Anne vorwurfsvoll. »Ich hab dir drei Mails geschrieben und ruf schon den ganzen Morgen bei dir an. Wie war es denn gestern? Warst du erfolgreich?«

»Ich bin erst aufgestanden und der Internetanschluss funktioniert noch nicht«, erklärte ich. »Und gestern, na ja, ich weiß nicht so genau. Jedenfalls muss ich am Mittwoch einen Fitnesstest absolvieren, um überhaupt in die Fußballmannschaft zu kommen.«

»Du lieber Himmel!«, rief meine Freundin. »Kannst du da irgendwas tricksen?«

»Ich hab mir vorgenommen mir ein paar Bücher über Fußball zu kaufen. Vielleicht nützt ja auch schon theoretisches Wissen.«

»Abseitsfalle!«, sagte Anne ganz locker.

Aber als ich sie bat, mir das zu erklären, stellte sich heraus, dass sie auch keine Ahnung hatte.

»Außerdem hab ich mir überlegt, ob dein Bruder mich nicht vielleicht trainieren könnte«, sagte ich. »Der kennt sich doch aus mit Fußball, oder?«

»Schon«, sagte Anne. »Aber der ist die ganzen Sommerferien über weg. Sprachaustausch in England.« Sie dachte kurz nach. »Vielleicht finde ich bei ihm im Zimmer ja irgendwelche Fußballbücher … Also, mach dir mal keine Sorgen, wir schaffen das schon.« Anne holte tief Luft. »Außerdem muss ich dir noch was erzählen: Jonas hat doch nächste Woche Geburtstag. Und da macht er 'ne wahnsinnig große Fete. Er hat gesagt, ich darf noch drei Leute mitbringen. Ist das nicht süß? Obwohl es seine Fete ist, darf ich drei Leute mitbringen.«

»Und? An wen hast du gedacht?«

»An dich natürlich«, lachte Anne. »Auch wenn du jetzt nicht mehr hier wohnst, bist du immer noch meine beste Freundin, oder?«

»Und wer kommt noch? Ich meine, wen bringst du sonst mit? Sarah vielleicht?«

Meine Freundin zögerte kurz. »Sarah passt nicht so zu den Leuten, die da kommen«, sagte sie schließlich. »Nee, ich glaube, Sarah lade ich nicht ein. Weißt du, sie tut manchmal so, als ob sie unwiderstehlich wäre, und ich glaube, Jonas würde das ziemlich auf den Geist gehen. Ich hab eher an Saskia gedacht.«

»Saskia?«, fragte ich verblüfft. Saskia war das ewige Mauerblümchen unserer Klasse gewesen. Sie machte nie den Mund auf, sondern guckte nur immer verschüchtert. Jedenfalls würde sie Anne die Schau bei Jonas' Geburtstag nicht stehlen, so viel war sicher. »Und wer ist die Dritte?«

»Der Dritte!« Anne kicherte. »Für den bist du zuständig. Bring den Jungen mit, in den du dich so verliebt hast.«

Eigentlich hätte ich jetzt sagen müssen: Anne, so weit, dass ich ihn zu einer Geburtstagsfete mitnehme, bin ich noch nicht. Eigentlich hab ich kaum mit ihm geredet, ich kenn ihn noch gar nicht richtig, ich hab mich einfach nur so in ihn verliebt und weiß gar nicht, wie es weitergeht ...

Und außerdem muss ich erst mal das Fitnesstraining überstehen.

Aber meine Freundin war schon beim nächsten Thema. »Blöd ist nur, dass ich nichts Richtiges zum Anziehen habe«, klagte sie. »Jonas will draußen feiern, was mir überhaupt nicht gefällt. Ich hab mir doch ein langes weißes Kleid gekauft und das wäre optimal, aber er meint, wir könnten uns einfach ins Gras setzen und so 'ne Art Picknick machen.« Sie seufzte halblaut. »Was meinst du, soll ich das Kleid einfach einfärben?«

»Genau, grasfleckengrün«, sagte ich. »Mensch, Anne, du musst doch nicht so wahnsinnig gestylt aussehen! Jonas mag dich bestimmt auch in Jeans.«

»Da bin ich mir nicht so sicher«, meinte sie langsam. »Er hat neulich gesagt, dass Sarah immer wahnsinnig schick angezogen wäre.«

»Anne, du siehst Gespenster«, versuchte ich sie zu trösten. »Ich komm zu der Geburtstagsfete, ganz bestimmt, und den Jungen würde ich auch gern mitbringen, es gibt da nur noch ein paar kleinere Probleme.«

Probleme sind dazu da, dass man sie beseitigt, sagt Papa immer. Vielleicht hatte er ja Recht damit. Ich beschloss gleich zwei meiner Probleme zu beseitigen. Erstens wollte ich zum Bahnhof fahren und mein Rad holen. Vielleicht ergab sich dabei ja die Gelegenheit, mit dem Jungen zu reden und das Gespräch unauffällig auf den Fußballverein zu bringen. Dann könnte ich ihm klar machen, dass ich unbedingt mitspielen wollte. Und vielleicht würde ich dadurch irgendwie um diesen blöden Leistungstest herumkommen.

Eigentlich wollte ich gleich los, aber ich konnte mich nicht entscheiden, was ich anziehen sollte, und meine Haare waren so unmöglich, dass ich sie zweimal hintereinander waschen und föhnen musste, bis ich einigermaßen zufrieden war.

Dann klingelte das Telefon. Mama bat mich, nachmittags zu Hause zu bleiben, weil der Techniker wegen der Klimaanlage kommen wollte.

»Geht nicht«, sagte ich. »Ich muss dringend los und mein Rad am Bahnhof holen. Kann nicht Albert …?«

Mama lachte. »Albert denkt nur noch an den Rote-Kreuz-Kurs und die Schülermitverwaltung. Er scheint hier ganz nette Leute kennen gelernt zu haben. Dir würde es auch gut tun, ein bisschen rauszugehen und Kontakte zu knüpfen.«

»Ja, deshalb fahre ich auch zum Bahnhof und hole mein Rad«, erklärte ich. »Mama, ich muss jetzt wirklich los.«

»Ach so, das Rad. Hätte ich fast vergessen.« Die Stimme meiner Mutter klang etwas ungeduldig. »Das steht schon längst in der Garage. Papa hat es gestern Abend noch geholt. Ist das nicht lieb von ihm? Also beschwer dich in Zukunft bitte nicht, dass deine Eltern keine Zeit für dich hätten. Dein Rad steht wohlbehalten in der Garage und du kannst auf den Techniker warten, ja?«

»Ja«, sagte ich. Am liebsten hätte ich noch irgendetwas Unfreundliches hinzugefügt wie: Ihr

Eltern vermasselt einem auch wirklich alles! Aber ich legte bloß auf.

Es wäre so genial gewesen, wegen des Rades am Kiosk aufzutauchen und mit dem Jungen ein Gespräch zu beginnen. Aber jetzt war das Rad hier und ich hatte keinen Grund mehr, noch mal zum Kiosk zu gehen. Außerdem war da noch die Sache, dass ich so getan hatte, als käme ich aus Russland.

»Mist«, sagte ich laut.

Durch das Küchenfenster sah ich Albert und ein Mädchen Händchen haltend auf das Haus zukommen. Das musste Carolin sein, von der er mir vorgeschwärmt hatte. Ich fand, dass sie ziemlich durchschnittlich aussah, aber Liebe macht bekanntlich blind und warum sollte es meinem Bruder in dieser Hinsicht anders gehen? Ich hatte wenig Lust auf ein verliebtes Pärchen, aber es war zu spät, in mein Zimmer zu flüchten.

Albert schien etwas Witziges gesagt zu haben, denn ich hörte Carolin laut auflachen. Es klang nicht sehr echt, aber mein Bruder merkte das natürlich nicht. Er guckte total stolz, als er mit seiner Freundin in die Küche kam. Sieh mal, so ein tolles Mädchen habe ich gefunden, sagte sein Blick. Carolin lächelte in meine Richtung, sagte aber kein Wort. Ich schwieg ebenfalls.

Albert kramte hektisch in verschiedenen Schubladen und murmelte dauernd, irgendwo seien doch noch Chips gewesen und ob ich die vielleicht gesehen hätte.

Ich schüttelte bloß den Kopf und musterte Carolin. Hübsch war sie nicht, ganz bestimmt nicht, sie hatte eher ein unscheinbares Mäusegesicht und das Rot in ihren halblangen Haaren war auch schon ziemlich rausgewachsen. Außerdem war ihr himmelblauer Lidschatten verlaufen und klebte in den Lidfalten. Aber Albert schien das alles nicht zu stören. Er himmelte sie an, als sei sie eine Prinzessin.

Niedergeschlagen ging ich hoch in mein Zimmer. Ich wünschte mir so sehr, dass mich der Junge am Kiosk auch mit so verliebten Augen ansehen würde.

Eine halbe Stunde später wusste ich endlich, warum ich unbedingt zum Bahnhofskiosk fahren musste: Ich würde das Mineralwasser bezahlen und mich bedanken. Außerdem hatte ich mir sowieso Training verordnet, obwohl ich, ehrlich gesagt, bei der Hitze, die draußen herrschte, keine große Lust dazu hatte.

Albert war zwar sauer, als ich sagte, er müsse auf den Techniker warten, aber darauf konnte ich keine Rücksicht nehmen. Überall schienen glückliche Paare zu sein, sogar im Nachbargarten lagen zwei Katzen dicht nebeneinander auf der Terrasse. Ich musste endlich auch was für mein Glück tun!

Mein Herz klopfte heftig, als ich mein Rad am Kiosk abstellte. Die alte Frau sortierte Süßigkeiten ein und wandte mir den Rücken zu, bis ich mich räusperte. Im ersten Moment schien sie mich nicht wieder zu erkennen, aber als sie mein Rad bemerkte, lachte sie.

»Rad gut abgeholt?«, fragte sie.

Ich lächelte gequält. Irgendwie hatte ich gehofft, dass sie sich nicht mehr daran erinnern würde, wie ich gestern geredet hatte. An einem Bahnhofskiosk kamen bestimmt täglich tausende Leute vorbei und wer konnte da noch genau sagen, wer lispelte oder mit italienischem Akzent redete. Aber die Frau schien ein phänomenales Gedächtnis zu haben.

»Du wieder singen Lieder?«, fragte sie.

Ich schüttelte den Kopf. »Ich zahlen Schulden«, sagte ich. Es war so entsetzlich peinlich.

Sie wehrte ab. »Nein, nein, Geschenk für dich. Weil du so schön singst. Ich höre gern Musik. Mein Mann hat früher auch gesungen. Gesangverein. Du verstehst?«

Ich nickte.

Ein älteres Ehepaar steuerte den Kiosk an.

»Wir könnten drei Limo und zwei Wasser nehmen«, sagte die Frau. »Oder bei dem Wetter vielleicht besser drei Wasser und zwei Limo.«

Ich wünschte mir, ich wäre ganz mutig und könnte die alte Frau einfach fragen, wo der Junge war. Aber natürlich getraute ich mich mal wieder nicht. Anne hätte keine Hemmungen gehabt, da war ich sicher. Aber ich …

Ich holte tief Luft und wollte gerade etwas sagen, da rief der Mann hinter mir: »Drei Limo, zwei Wasser. Bitte schnell, unser Zug geht gleich! Oder war die junge Dame hier vor uns?«

Ich schüttelte den Kopf. Dann setzte ich mich auf mein Rad und fuhr nach Hause zurück.

Der Anrufbeantworter blinkte wie verrückt, als ich die Eingangstür öffnete. Wenigstens kam man inzwischen ohne Schwierigkeiten ins Haus; Mama hatte die Chipkartenvorrichtung gegen ein normales Türschloss austauschen lassen, nachdem sie länger als eine halbe Stunde gebraucht hatte, mit ihrer Karte die Tür zu öffnen.

Hektisch suchte ich die Bedienungsanleitung für den Anrufbeantworter, denn ich wollte nicht versehentlich eine wichtige Nachricht löschen. Vielleicht hatte ja der Junge inzwischen angerufen. Papa hatte möglicherweise unsere Nummer am Kiosk hinterlassen und der Junge wollte sich erkundigen, ob mit meinem Rad alles in Ordnung ist.

Aber es war Anne, die mich im Zehn-Minuten-Abstand angerufen hatte. Bei den ersten drei Versuchen klang sie noch ziemlich normal, aber dann heulte sie fast.

Ich rief sofort zurück.

»Na endlich«, stöhnte meine Freundin, »ich dachte schon, du meldest dich nicht mehr. Weißt du, was passiert ist?«

Die Frage konnte ich nur mit einem klaren Nein beantworten, obwohl ich ahnte, was passiert war. Die Sache mit Jonas ging schief.

»Stell dir vor«, schniefte Anne, »er hat Sarah eingeladen! Sarah! Ausgerechnet Sarah!«

»Mhm«, sagte ich vorsichtig. »Aber es ist doch seine Geburtstagsfete.«

»Sarah tut jetzt so, als sei sie die Hauptperson, und hat Sonja erzählt, was für ein Wahnsinnskleid sie sich gekauft hat und Jonas sei total begeistert von ihrer neuen Frisur. Ich finde Jungs einfach bescheuert. Weißt du, was Jonas gesagt hat? Wenn es mir nicht passen würde, dass Sarah kommt, dann sollte ich einfach zu Hause bleiben. Wie findest du das? Dabei hat er doch gesagt, dass er mich mag … Was soll ich jetzt machen?«

Ich schwieg einen Moment lang. Wie konnte ich Anne einen Rat geben? Ich kannte mich mit diesen Sachen einfach nicht aus. Außer Torsten aus der Parallelklasse und Jörg, den ich im Urlaub kennen gelernt hatte, hatte mir noch nie ein Junge gesagt, dass er mich liebt. Jörg und ich waren damals noch im Kindergarten gewesen, das zählte nicht. Und Torsten hatte sich, um ehrlich zu sein, sehr schnell für Ulrike entschieden.

»Soll ich zu der Geburtstagsfete gehen oder besser nicht?«

»Ich weiß nicht«, sagte ich. »Anne, ich weiß es wirklich nicht.«

»Ich stell mir vor: lauter glückliche Pärchen um mich rum bei der Fete, Jonas und Sarah, du und dein Freund …«

Ich lachte bloß. »Du, Anne, bei mir ist im Moment gar nichts los«, sagte ich. »Irgendwas geht immer schief. Und das Tollste hab ich dir noch gar nicht erzählt. Er hält mich für eine Russin und … na ja, wie ich schon sagte, irgendwas geht immer schief. Und außerdem –«

»Dann sind wir ja beide in der gleichen Situation«, unterbrach mich Anne schniefend. »Weißt du was? Wir sollten uns zusammentun. Wir gehen nicht zu dieser blöden Fete. Erstens kommen sowieso fast nur Pärchen und das sollten wir uns nicht antun. Und außerdem hatten wir ja eigentlich ausgemacht, dass ich dich besuchen komme. Was hältst du davon, wenn ich gleich morgen auftauche?«

»Ja«, meinte ich, »ich freue mich, wenn du kommst. Aber unter einer Bedingung: Wir reden nur eine halbe Stunde lang über Jonas und dann vergisst du ihn erst mal, okay?«

Meine Freundin lachte, aber es hörte sich nicht sehr fröhlich an. »Ich werd's versuchen. Du, wir unternehmen was, ja? Jetzt zu Hause sitzen und Trübsal blasen, wäre das Letzte. Das hat meine Mutter auch gesagt. Jonas sei das überhaupt nicht wert, meinte sie. Außerdem hab ich schon die ganze Zeit den Eindruck, dass er sich für Sarah interessiert. Er hat nämlich neulich –«

»Erzähl's mir lieber, wenn du kommst«, unterbrach ich sie. »Ich hol dich vom Bahnhof ab.«

Inzwischen war Albert nach Hause gekommen.

»Oh, mal ohne Carolin«, sagte ich spöttisch, als er sich in der Küche ein Brot schmierte. »Dann hab ich vielleicht eine Chance, meinen Pickelstift zurückzukriegen. Ich finde das übrigens nicht okay, dass du ihn dir einfach so genommen hast. Kauf dir doch selbst einen.«

»Jetzt kannst du aber glücklich sein«, sagte er mit Grabesstimme. »Endlich hast du deinen Pickelstift wieder.« Achtlos legte er den Stift auf den Tisch und biss in sein Käsebrot. Dann ließ er es sinken.

Ich fand, dass er ziemlich daneben aussah. »Probleme?«, fragte ich vorsichtig.

Aber ich hätte besser nicht gefragt. Inzwischen schien ich mich zum Kummerkasten aller unglücklich Verliebten zu entwickeln.

Albert sprudelte nur so los. »Du als Mädchen kannst das bestimmt besser beurteilen als ich. Eigentlich wollten Carolin und ich das SMV-Zimmer in der Schule umräumen und jeden Tag ins Schwimmbad gehen. Na ja, und dann fragt ihre ältere Schwester, ob sie nicht mit ihr zusammen nach Frankreich fahren will. Ans Mittelmeer! Für fünf Tage.« Er verzog das Gesicht. »Wer fährt schon im August ans Mittelmeer! Kannst du dir vorstellen, dass sie tatsächlich lieber nach Frankreich fahren will?«

Ich musste grinsen. Ich konnte Carolin gut verstehen. Wenn man mich vor die Alternative Südfrankreich oder Umräumen eines Klassenzimmers gestellt hätte, wäre meine Entscheidung auch so ausgefallen.

»Gönn ihr doch den Urlaub«, sagte ich. Albert sollte seinen Frust ruhig in Energie umwandeln und Umzugskisten auspacken.

Albert legte das angebissene Brot kopfschüttelnd in den Kühlschrank. »Ich kann nichts essen«, stellte er fest. »Ich hab überhaupt keinen Appetit. Ich glaube, ich habe Liebeskummer.«

Ich wollte ihn gerade darauf hinweisen, dass garantiert er die Kekspackung leer gefuttert hatte und dass er außerdem noch nicht sehr verhungert wirkte, da sah ich, wie er das Gesicht verzog.

»Mensch, Albert«, sagte ich. »Ist es wirklich so schlimm?«

Er nickte und wischte sich mit der Hand übers Gesicht. Dann bemühte er sich zu lächeln. »Kein Wort zu Mama und Papa, klar?!«

»Klar!«

»Weißt du, was das Schlimmste ist: Der Freund von Carolins Schwester fährt noch mit und außerdem ein Cousin von ihm«, erklärte mir Albert. Ich hatte das Gefühl, dass er am liebsten die Fäuste geballt hätte. »Der ist ziemlich in Carolin verknallt. Und ich versuch jetzt schon den ganzen Nachmittag sie zu erreichen. Zu Hause ist sie nicht und ihr Handy ist ausgestellt. Was soll ich bloß tun?«

»Carolin kommt nächste Woche zurück und dann ist alles wieder in Ordnung«, versuchte ich ihn zu beruhigen.

Mein Bruder schüttelte den Kopf. »Wir haben uns total gestritten. Ich hab mich mit einem anderen Mädchen unterhalten. Und Carolin war stocksauer und …«

Ach, dachte ich, sieh an. Carolin will Albert eifersüchtig machen – und er fällt prompt darauf rein. Die meisten Jungs schienen ja einfach lenkbar zu sein.

Bei diesem Gedanken musste ich wohl gegrinst haben, denn Albert guckte mich hoffnungsvoll an. »Ich seh dir an, du hast 'ne Idee, was ich machen kann.«

Ich überlegte kurz. Dann sagte ich: »Schreib ihr doch einfach einen Brief. Briefe wirken meistens.«

»Einen Brief? Du meinst 'ne Mail.«

Ich schüttelte den Kopf. »Einen richtigen Brief. So wie die Liebesbriefe, die Mama nach Omas Tod gefunden hat. Kannst du dir vorstellen, dass Oma die Briefe über fünfzig Jahre aufbewahrt hat? Über fünfzig Jahre! Und mit ’nem roten Band drum! Ich find das wahnsinnig romantisch. So was kannst du mit ’ner Mail nicht machen.«

»Meinst du wirklich?«, fragte Albert zweifelnd. »Und was soll ich ihr schreiben?«

»Das, was in deinem Herzen ist.«

Mein Bruder sah mich bewundernd an. »Toll, wie du das gesagt hast. Du bist ’ne richtig tolle Schwester.«

Ich klärte ihn lieber nicht darüber auf, dass ich den Spruch in einem Kalender gelesen hatte. Sollte Albert ruhig mal sehen, was er an mir hatte.

»Uff. Dann will ich’s mal versuchen«, sagte Albert und stand auf.

»Viel Glück«, rief ich ihm nach. »Und denk dran: mit dem Herzen!«

- 3 -

Eine halbe Stunde später stand Albert schon wieder in der Küche. Ich hatte es mir am Küchentisch gemütlich gemacht – das Wohnzimmer war immer noch nicht bewohnbar – und las in einem Fußballbuch, das ich mir aus der Stadtbücherei ausgeliehen hatte.

»Soll ich was zum Essen besorgen?«, hörte ich Albert fragen.

Ich wandte mich um. »Eigentlich nicht. Aber wenn du willst? Ich denke, du hast keinen Hunger.«

»Hab ich auch nicht, aber ich dachte an dich. Vielleicht Pizza? Funghi magst du doch am liebsten. Übrigens kauf ich dir nachher einen neuen Pickelstift. Obwohl du das eigentlich gar nicht nötig hast bei deiner tollen Haut.«

Ich klappte *Fußball für Anfänger* zu. »Albert?«, fragte ich misstrauisch. »Was willst du?«

Er starrte das Buch an. »Ist das für mich? Fußballverein und so?«

Ich schüttelte den Kopf. »Du bist grauenhaft untalentiert, das kann man keiner Mannschaft zumuten. Nein, *ich* werde Fußball spielen.«

Mein Bruder kaute auf seiner Unterlippe herum. Er schien sich sehr im Unklaren zu sein, was er davon halten sollte. »Na ja, du machst das wahrscheinlich ganz grandios«, sagte er schließlich.

»Spuck schon aus, was du willst.«

»Na gut …«, Albert zögerte, »also, ich brauch mal fünf Minuten deine Hilfe.«

Fast hätte ich gefragt, ob ich ihm irgendwelche Mitesser ausdrücken soll, aber die Situation war zu ernst für solche Späße.

»Ich krieg das einfach nicht hin mit dem Brief«, gestand er. »Mir fällt nichts Richtiges ein. Alles klingt so komisch, was ich schreibe. Kannst du mir nicht mal ein paar Sätze diktieren? Nur damit ich so ungefähr weiß, was man so schreibt.«

»Ich soll dir helfen einen Liebesbrief zu schreiben?«, fragte ich vorsichtshalber noch mal nach.

Er nickte. »Rein theoretisch könnte ich ja auch Mama fragen. Sie ist schließlich Journalistin und da dürfte es für sie keine Schwierigkeit sein, einen tollen Liebesbrief zu schreiben. Aber natürlich mach ich das nicht. Das wäre einfach zu peinlich. Mir wäre es lieber, wenn du mir hilfst. Sonst müsste ich im Internet gucken. Aber das merkt Carolin vielleicht und dann … « Er sah mich ziemlich hilflos an.

»Na gut«, sagte ich. »Aber ich hab dann zwei Wünsche frei, ja?«

Mein Bruder strahlte mich an. »Wenn du das für mich erledigst, dann hast du tausend Wünsche frei, Ehrenwort.« Er schob mir einen Stapel Papier rüber.

»Zwei würden auch reichen«, murmelte ich.

Nach einer halben Stunde gab ich auch auf.

»Sandra, du hast doch in Deutsch eine Zwei. Dir fällt was ein, garantiert«, versuchte mein Bruder mich zu motivieren.

Aber es war vergeblich. Ich hatte keinerlei Ideen.

»Trotzdem danke«, sagte Albert. »Dann versuch ich's noch mal telefonisch.«

Ich blieb am Küchentisch sitzen und malte Blümchen auf das Papier. Komisch, dass so viele Leute Liebeskummer hatten. Anne mit ihrem Jonas, Albert mit Carolin. Und ich! Natürlich hatte auch ich meinen Kummer. Ich hatte einfach alles falsch angefangen. Aber ich konnte ja nicht wissen …

Ich kannte nicht einmal seinen Namen. Und wahrscheinlich hatte er sowieso eine Freundin. Garantiert fanden andere Mädchen ihn genauso süß mit seinen dunklen Locken.

Das Erste, was ich von dir sah, waren dein Lockenkopf und deine dunklen Augen und seither kann ich an nichts anderes mehr denken als an dich, schrieb ich. Und ich schrieb und schrieb. Ich schrieb, als das Telefon klingelte, schrieb, als Albert das Haus verließ, und schrieb immer noch, als er wiederkam, eine Schachtel Pralinen in der Hand.

Fassungslos starrte er auf die Blätter auf dem Tisch. »Mensch, Sandra, sag bloß, du hast das alles geschrieben! Das ist ja wahnsinnig! Ich hab dir Pralinen mitgebracht, weil ich dachte, das hilft dir, auf gute Ideen zu kommen. Aber so was hab ich nicht erwartet.«

Mit einem Griff hatte er sich den Packen Papier geschnappt und tanzte durch das Zimmer. »Carolin kriegt einen zehnseitigen Liebesbrief! Das muss mir erst mal jemand nachmachen. Ich werd wahnsinnig. Dass du so was hinkriegst, Sandra, alle Achtung!«

Ich war aufgesprungen und versuchte ihm die Blätter zu entreißen, aber mein Bruder lachte bloß. »Keine Sorge, deine chaotische Rechtschreibung stört nicht. Notfalls nehm ich ein Wörterbuch. Oder ich schreib es noch mal mit dem Computer ab und lass das Rechtschreibprogramm drüberlaufen. Aber es kommt ja hauptsächlich auf die Gefühle an, die drinstecken.«

Er las die ersten Sätze halblaut. Ich stand am Fenster und sah hinaus. Es schien inzwischen geregnet zu haben, denn der riesige Farn auf dem Nachbargrundstück glänzte wie frisch gewaschen. Hinter den Birken an der Garage glaubte ich einen zarten Regenbogen zu sehen.

»Sag mal ...« Albert stand neben mir, die Blätter zusammengerollt in der rechten Hand. Er biss sich auf die Unterlippe. »Das ist kein Liebesbrief für Carolin, stimmt's?«

Ich sagte gar nichts. Erst nach einer Weile nickte ich.

»Dich hat es gewaltig erwischt, oh Mann«, sagte mein Bruder und es klang fast bewundernd. »Und? Wird was daraus?«

Ich zuckte die Schultern. »Weiß nicht. Es ist alles ziemlich kompliziert. Komplizierter, als du dir vorstellen kannst. Weißt du, ich habe immer gedacht, verliebt sein ist so einfach, aber ich stelle fest, dass –«

»Ja klar«, unterbrach er mich. Wahrscheinlich hatte er Angst, ich würde ihm jetzt meine ganze unglückliche Liebe schildern und er käme nicht mehr dazu, seinen Brief an Carolin zu schreiben. »Ist schon klar, die Sache mit der Liebe ist nicht einfach, das hab ich auch schon mitgekriegt. Sogar verdammt schwer, wenn du mich fragst. Sag mal«, er wedelte mit den Blättern, »dieser Liebesbrief ist nobelpreisverdächtig. Hast du was dagegen, wenn ich mir ein paar Sätze daraus abschreibe? Natürlich nicht alles. Manches würde auf Carolin nicht zutreffen, aber so einige Sätze sind genial, und die würde ich gerne …«

»Ja«, sagte ich bloß. Ich wollte nur noch allein sein.

Albert klopfte mir anerkennend auf die Schultern. »Also, wie gesagt, einfach klasse, der Brief. Und das mit diesem Jungen, das wird schon noch. Glaub mir, das braucht Zeit. Frag nicht, wie lange ich gebraucht habe, bis Carolin endlich kapiert hat, dass ich genau der Richtige für sie bin.«

»Raus«, sagte ich leise. »Wenn du nicht sofort verschwindest, zerreiße ich den Brief.«

Die Drohung wirkte. Albert meinte, ich solle doch nicht so empfindlich sein, und verschwand.

Ich konnte genau viereinhalb Minuten lang heulen, dann kam Mama nach Hause.

»Sandra! Wie siehst du denn aus?«, begrüßte sie mich. »Du hast ja total rote Augen!« Sie schüttelte den Kopf. »Liegt das an der Klimaanlage? War der

Mechaniker immer noch nicht da? Oder hast du Kummer? Liebeskummer vielleicht? Ach, Sandra, sag, was ist mit dir los?«

Ich schüttelte den Kopf. Bloß meiner Mutter nichts erzählen, die würde es fertig bringen, daraus eine Geschichte für ihre blöde Zeitung zu machen. Ich behauptete daher gegen die Birken vor der Garage allergisch zu sein und Mama meinte, vielleicht sollte doch besser Papa den Garten gestalten und nicht der Gärtner. Der habe nämlich dafür plädiert, die Birken nicht zu fällen, und da sehe man ja mal wieder, dass zu viel Natur …

»Ich glaube, es sind doch nicht die Birken«, sagte ich schnell. »Es muss irgendwas im Haus sein.«

»Na ja«, beendete Mama die Diskussion. »Dann ist es am besten, wenn du mal rauskommst. Ich hab 'nen tollen Auftrag für heute, und da möchte ich dich mitnehmen. Sicherlich lernst du dort nette Leute kennen.«

»Anne kommt morgen und wir unternehmen ganz viel zusammen. Außerdem hab ich vor in einen Sportverein zu gehen«, sagte ich.

Ich kannte Mamas tolle Aufträge. Meistens waren es langweilige Vorträge oder Klavierkonzerte, über die sie dann total begeisterte Artikel schrieb. Und ich musste zwei Stunden lang in der hintersten Reihe hocken und durfte nicht mal meinen Discman einstöpseln.

Meine Mutter lachte bloß. »Ich kenne doch Anne und dich. Ihr sitzt wieder den ganzen Tag drinnen, hört Musik und unterhaltet euch stundenlang. Und Sportverein … na, ich weiß nicht. Sportlich bist du ja nicht gerade. Nein, du gehst mit zur Sommerparty von Radio …, wie hieß der Sender noch mal? Die Eintrittskarten kosten übrigens fünfzehn Euro, aber ich hab sie umsonst gekriegt. Also?«

Als ob das ein Argument wäre!

»Und zieh dich bitte ordentlich an«, fügte sie schnell hinzu. »Vielleicht das blaue Kleid. Das sieht an dir so entzückend aus.«

Ich schüttelte den Kopf. »Da ist Tomatensoße drauf«, schwindelte ich. Ich würde mir doch nicht vorschreiben lassen, wie ich mich zu kleiden hatte!

Mama lenkte ein. »Na gut, dann eben nicht. Aber bitte nichts Bauchfreies, ja? Die Oberbürgermeisterin kommt auch und –«

»Mama, ich hab keine Lust auf diese komische Sommerparty! Ich bin total k.o. und ob die Oberbürgermeisterin kommt oder nicht, ist mir völlig egal. Frag doch mal Albert, vielleicht hat der Lust mitzugehen und Männchen zu machen.«

»Sandra!« Mama hatte sich neben mich gesetzt und sah plötzlich trotz ihrer rot gefärbten Haare ziemlich alt aus. Sie verzog den Mund und einen Moment lang befürchtete ich, sie würde gleich losheulen. »Sandra, dein Vater und ich haben uns viel zu wenig um dich gekümmert. Du weißt ja, wir arbeiten nur für euch, damit ihr ein schönes Zuhause habt.«

Und Reitstunden und Tennisunterricht, ergänzte ich im Geiste. Ungefähr jedes Vierteljahr wiederholte Mama diese Sprüche. Nur aus Höflichkeit unterdrückte ich ein Gähnen.

»Und das ist heute eine prima Gelegenheit, um Familie und Beruf miteinander zu verbinden«, sagte meine Mutter und sah mich bittend an. »Komm mit, ja? Papa will später auch noch auftauchen, er hat mit der Oberbürgermeisterin einiges zu besprechen. Du lernst bestimmt nette junge Leute dort kennen. Ich meine es wirklich gut mit dir, das kannst du mir glauben. Für mich ist es auch nicht einfach.«

Ich gab mich geschlagen. Mamas bekümmerte Miene schafft mich jedes Mal aufs Neue. Ich stand auf.

»Vielleicht doch ein Kleid. Es muss ja nicht unbedingt das blaue sein«, rief sie mir nach. »Und schmink dich nicht zu stark.«

»Ich weiß, die Oberbürgermeisterin«, murmelte ich.

Dann holte ich ein bauchfreies Top aus meinem Schrank und dazu ausgefranste Shorts. Schade, dass mir die Zeit nicht reichte, um meine Haare himmelblau oder grasgrün zu färben. Das wäre eigentlich eine klasse Schlagzeile: *Oberbürgermeisterin fällt beim Anblick der Tochter einer bekannten Journalistin in Ohnmacht!* Damit würde Mama sicherlich Auflage machen.

Im Flur hörte ich Mama mit Albert reden. Aha, bei ihm versuchte sie es auch und versprach ihm dafür geregelte Mahlzeiten.

»Die Einbauküche ist noch nicht fertig«, sagte sie zu ihm. »Aber ich verspreche dir, wenn du heute mitkommst, dann koche ich demnächst ein fünfgängiges italienisches Menü. Und du kannst deine Freundin Katharina mitbringen.«

»Carolin!«

»Gut, dann bring eben Carolin mit, aber zieh dir um Himmels willen was Anständiges an. Nicht wieder so komische Hosen mit tausend Taschen an der Seite, klar?«

Ich nahm Mamas schwarzen Kajalstift und umrandete meine Augen und meinen Mund. Dann warf ich meinem Spiegelbild einen gekonnten Augenaufschlag zu und rannte die Treppe hinunter.

Erstaunlicherweise fiel meine Mutter nicht in Ohnmacht, sondern tat einfach so, als sehe sie mein tolles Outfit nicht. Aber sie schien ziemlich erleichtert, als Albert runterrief, dass er später nachkomme, weil er sich erst noch die Haare waschen und sein Zimmer aufräumen wolle.

»Dann wollen wir mal«, sagte sie betont fröhlich.

Das Sommerfest war genau so, wie ich es mir vorgestellt hatte. Lauter Leute zwischen dreißig und hundert, alle in hellen Leinenkostümen und Anzügen, alle furchtbar wichtig. Mama war sofort im Gewimmel verschwunden und mir blieb nichts anderes übrig, als mich an einem Glas Orangensaft festzuhalten, das mir ein mitleidiger Kellner eingegossen hatte, und die Reste des kalten Buffets auf einen Teller zu häufen. Wenigstens würde ich satt werden.

Wo waren die jungen Leute, die ich hier kennen

lernen sollte? Fehlanzeige! Außerdem wollte ich nur einen bestimmten Jungen kennen lernen und den würde ich bei dieser komischen Sommerparty bestimmt nicht treffen.

Meine Mutter kam zurück und schien ein ziemlich schlechtes Gewissen zu haben. »Ich kauf dir ein Los!«, rief sie plötzlich und winkte einer als Mickymaus verkleideten Losverkäuferin zu. »Vielleicht kriegen wir ja den Hauptgewinn?« Dann wandte sie sich um. »Du, ich muss noch ein paar Interviews machen. Unterhalte dich doch ein bisschen mit den Leuten hier.«

Ich holte mir lieber noch mal was zu essen. Vielleicht konnte ich mich irgendwann verdrücken. Sehr weit konnte es von hier aus zum Bahnhof nicht sein und ich könnte die Zeit bestimmt besser am Kiosk verbringen. Irgendeine Zeitung kaufen zum Beispiel. Und dann sehen, was so passieren würde.

Eine Frau im langen roten Abendkleid sprang auf die Bühne und verkündete mit hysterisch klingender Stimme, dass jetzt der große Augenblick gekommen sei, auf den alle voller Spannung gewartet hätten. Sie gab ein Zeichen, wahrscheinlich wollte sie, dass kurz ein Tusch gespielt wurde, aber irgendjemand hatte das Band verwechselt und stattdessen hörte man eine Verkehrsdurchsage. Alles lachte.

Die Frau wurde genauso rot wie ihr Abendkleid und meinte, so sei das eben, wenn alles live sei. Dann verkündete sie eine Nummer und gab den Hauptgewinn der Tombola bekannt: ein Wochenende in Aschaffenburg. Eine Frau mit blond gefärbtem Haar stieß vor Begeisterung einen lauten Schrei aus und stürmte auf die Bühne. Immer wieder beteuerte sie, dass sie noch nie in Aschaffenburg gewesen sei, sich aber furchtbar darauf freue. Dann fiel sie der Moderatorin um den Hals – und das alles unter Mamas Blitzlichtgewitter.

Der zweite Gewinner beteuerte ebenfalls seine riesige Freude über den Besuch in einem Feinschmeckerlokal und dann zog die Moderatorin den 3. Hauptgewinn.

»Das ist die Nummer … 186!«, rief sie mit Begeisterung in der Stimme. »Na, wo ist denn Nummer 186? Bei einem Bierchen eingeschlafen?«

Ein paar Leute lachten halblaut.

»Guck doch mal auf dein Los«, flüsterte Mama mir zu. »Vielleicht bist du das ja.«

Ich hatte Mühe, das zusammengeknüllte Los aus meiner Hosentasche zu popeln.

»Tatsächlich!«, jubelte Mama. »Sandra, du bist ein echtes Glückskind. Du hast den 3. Preis gewonnen!«

Mir war das alles furchtbar peinlich. Ich wurde von Mama auf die Bühne geschoben, die Moderatorin küsste mich ab und verkündete meinen Gewinn: ein Disco-Abend für mich und dreißig Freunde!

»Da können sich deine Freunde freuen!«, jubelte sie ins Mikrofon. »Und jetzt noch mal alle Gewinner zum Gruppenfoto!«

Vor einem riesigen Plakat, auf dem der Name des Senders stand, mussten wir uns aufbauen. Die

Oberbürgermeisterin im khakifarbenen Kostüm drängelte sich noch zwischen mich und die Moderatorin. Es hätte nicht viel gefehlt, dass sie noch den Arm um mich gelegt hätte. Mama knipste wie wild.

Als Mama den Film wechselte, sprang ich vom Podium und rannte zum Ausgang. Länger wollte ich mir das Sommerfest nicht antun.

Außerdem musste ich dringend was für meine Fitness tun. Ich fragte einen Passanten auf der Straße nach dem Weg zum Bahnhof und stellte fest, dass es eine Strecke von nur wenigen Minuten war, die ich locker rennen konnte. Mit einem Taschentuch entfernte ich den Kajal von Augen und Mund, bis ich wieder einigermaßen normal aussah. Dann lief ich zum Bahnhof.

Ich würde mit dem Jungen reden, ihm erklären, warum ich mich als Russin ausgegeben hatte. Vielleicht würde er es ganz witzig finden, wir würden gemeinsam darüber lachen, vielleicht spazieren gehen, Eis essen und …

Vor mir tauchte der Kiosk auf. Ich holte tief Luft und versuchte möglichst lässig darauf zuzusteuern.

Ich hatte Glück. Heute war der Junge da. Aber als ich vor ihm stand, war alles weg. Mein Hals war wie ausgetrocknet. Ich murmelte bloß etwas, das wie »ein Sandwich« klang.

Er antwortete ganz langsam und betont, dass er Schinken- und Käsesandwich dahabe, die seien noch vom Vormittag, deshalb könne er sie mir billiger geben.

Ich nickte und deutete auf ein Käsesandwich. Ich hatte überhaupt kein bisschen Hunger.

Verdammt noch mal, warum sagte ich nicht, dass alles nur ein Missverständnis gewesen war! Aber ich bekam kein Wort raus. Genau so hatte ich mich beim mündlichen Abhören in Physik gefühlt.

»Eins fünfzig«, hörte ich den Jungen sagen. Er sah mich forschend an und ich spürte, wie mir die Hitze ins Gesicht stieg.

»Wetter nix gut«, stotterte ich, als ich ihm das Geld reichte. Ich hätte mich ohrfeigen können.

»Wetter bald besser«, sagte er. »Es regnet garantiert bald und dann ist die Luft wieder klar und ...«

Wir sahen uns an.

In der Unterführung spielte jemand Querflöte. Irgendein klassisches Stück, das mich schon in der Schule immer so traurig gestimmt hatte.

Ich hätte so gern meinen Kopf an seine Schulter gelegt.

»Ich muss dir was beichten«, hörte ich mich leise sagen. »Es ist blöd gelaufen, aber ...«

»Zwei Cola, zwei Sandwich, drei Schokoriegel und ...« Der Mann, der plötzlich neben mir aufgetaucht war, wandte sich um. »Und was willst du, Eva-Maria?«

Dann hatte er mich entdeckt. Er grinste. »Ach, bist du nicht die kleine Russin mit den traurigen Liedern?« Er nahm seine Freundin am Arm und lachte laut. »Das mit den Liren neulich war nicht ganz fair, okay, geben wir ja zu, nicht wahr, Eva-Maria?«

Die Frau grinste verlegen und meinte, sie würde mich zur Entschädigung zu einer Cola einladen. Aber ob ich überhaupt eine Erlaubnis gehabt hätte, in der Unterführung zu singen? Soweit sie wisse, brauche man dafür einen Gewerbeschein.

»Jetzt hör aber auf«, unterbrach sie der Mann. »Du verunsicherst das arme Mädchen ja total. Die Kleine sieht ganz verhungert aus. Außerdem versteht sie wahrscheinlich kein Wort Deutsch. Wir sollten ihr mal den Tipp geben, zur Caritas zu gehen. Da kriegt sie bestimmt was Anständiges zum Anziehen. Die Hose ist ja völlig ausgefranst.«

»Sie spricht etwas Deutsch«, sagte der Junge und sah mich besorgt an. Ihm schien die Situation ziemlich peinlich zu sein.

»Sie ist ja noch minderjährig.« Die Frau musterte mich abschätzend. »Wahrscheinlich ist sie irgendwo ausgerissen. Man sollte das Jugendamt oder die Polizei verständigen.«

Ich war drauf und dran, sie darüber aufzuklären, dass ich die Tochter eines bekannten Architekten bin, da sah ich zwei junge Polizistinnen aus der Unterführung kommen. Die beiden wirkten nicht so, als könne man sie schnell über den wahren Sachverhalt aufklären.

Ich drehte mich auf dem Absatz um und rannte los. Hinter mir hörte ich den Jungen etwas rufen, aber da war ich schon in die nächste Querstraße eingebogen.

Am Mittwoch auf dem Fußballplatz würde alles viel besser laufen! Viel besser!

Anne hatte inzwischen mehrmals bei mir zu Hause angerufen und gebeten, dass ich sie am nächsten Tag um 10.41 Uhr am Bahnhof abholen sollte. So stand es jedenfalls auf dem Zettel, den Albert mir an die Zimmertür geklebt hatte. Darunter stand klein geschrieben: *Von Carolin habe ich immer noch nichts gehört! Sie nimmt das Telefon einfach nicht ab!!! Was soll ich denn jetzt tun?*

Ich entschied, ab sofort für Beratungen in Beziehungsfragen Geld von meinem Bruder zu verlangen und so mein Taschengeld aufzubessern. Albert stellte sich mit Carolin ziemlich ungeschickt an und ich würde damit sicherlich reich werden.

Ich beschloss eine Gesichtsmaske zu machen und morgen ausgeruht und mit allerbester Laune zum Bahnhof zu gehen. Ich würde meine Haare zusammenstecken und mein neues blaues Kleid anziehen. Dann würde er mich so kennen lernen, wie ich wirklich bin: hübsch, fröhlich, locker, witzig, schlagfertig.

Ich rieb mein Gesicht mit einer Paste ein, die eine Pfirsichhaut machen sollte, und legte mir noch Schwarzteebeutel auf die Augen. Davon würden die Augen strahlender, behauptete Anne immer.

Leider schlief ich dabei ein. Als ich zwei Stunden später wieder aufwachte, hatte ich ziemliche Mühe, mir die Paste wieder vom Gesicht zu kratzen. Von wegen Pfirsichhaut! Ich sah aus, als hätte mich jemand mit dem Reibeisen bearbeitet.

Macht nichts, versuchte ich mir einzureden,

über Nacht regeneriert sich die Haut bekanntermaßen. Ich legte mir, weil meine Haut so furchtbar brannte, ein nasses Handtuch aufs Gesicht und gönnte mir dann einen achtstündigen Schönheitsschlaf, in dem ich von Foulelfmetern und Abseitsfallen träumte.

»Du machst ja echt Schlagzeilen«, feixte mein Bruder, als ich am nächsten Morgen die Küche betrat. Er saß am Küchentisch, schmierte sich ein Brötchen und deutete mit dem Messer auf die Tageszeitung, die er vor sich liegen hatte.

Ich schnappte mir das Blatt, ohne auf Alberts wütenden Protest zu achten.

Irgendjemand – wahrscheinlich meine Mutter – hatte mit rotem Stift das Bild auf der ersten Seite unten links umrandet und daneben geschrieben: *Du hättest ruhig ein bisschen freundlicher lächeln können – immerhin war es doch eine erfreuliche Situation für dich.*

Ich musste mich setzen.

Strahlende Gewinner bei Tombola von Radio Sunshine, stand in fetten Buchstaben unter dem Bild. In der Mitte die Frau, die die Reise gewonnen hatte, daneben der Gewinner des Restaurantbesuchs, die Moderatorin und die Oberbürgermeisterin, die wie ein Honigkuchenpferd strahlte. Und am Rand stand ich. Bauchfreies Top, der eine Träger verrutscht. Ich machte ein Gesicht, als ob ich in einen sauren Apfel gebissen hätte.

»Da muss ja 'ne Mordsstimmung gewesen sein«, sagte Albert grinsend. »Wenn ich das gewusst hätte, wäre ich natürlich auch noch gekommen.« Er deutete auf den Artikel, den Mama geschrieben hatte: *Bei Radio Sunshine herrschte eine tolle Stimmung mit vielen gut gelaunten Gästen, die durch die Anwesenheit der Oberbürgermeisterin erst richtig in Schwung gebracht wurden.*

Ich musste lachen, aber das Lachen blieb mir im Hals stecken, als ich weiterlas: … *besonders freuen konnte sich Sandra, die Tochter des bekannten Architekten Professor Winkler, über den dritten Preis: eine Disco-Veranstaltung in der neu eröffneten Discoworld im Industriegebiet, zu der Sandra sage und schreibe dreißig Freunde und Freundinnen mitbringen darf. Die junge Dame ist absolut happy und überlegt sich, wen von ihren Freunden sie zu diesem Großereignis einladen wird.*

Ich ließ die Zeitung fassungslos sinken.

»Dreißig Freunde«, sagte Albert langsam. »Alle Achtung. Du wirst ja noch mordsmäßig beliebt werden, wenn sich das erst mal rumgesprochen hat. Falls du noch ein paar Leute suchen solltest, ich komme auf jeden Fall mit und Carolin vielleicht auch.«

»Danke«, sagte ich, »danke, Albert. Dann sind wir ja schon zu dritt. Der Discobesuch soll am 15. September stattfinden. Glaubst du im Ernst, dass ich in vier Wochen dreißig Leute kennen lerne?« Ich merkte, wie ich langsam wütend wurde. »So einfach ist das nämlich nicht, Freunde zu finden.«

»Reg dich ab«, sagte Albert. »Du hast knallrote Flecken im Gesicht.« Er grinste schon wieder. »Nimm's mir nicht übel, aber so findest du bestimmt keine Freunde. Mach dir nichts draus, Sandra. Immerhin bist du jetzt auf Seite eins der Zeitung. Sozusagen eine Berühmtheit. Pass auf, die Leute auf der Straße wollen vielleicht ein Autogramm von dir. Oder sie wollen mit in die Disco.«

»Du meinst, man erkennt mich?«, rief ich entsetzt.

Albert nickte. »Klar doch. Das Foto ist gestochen scharf. Und in Farbe! Der Artikel über das Fest ist vielleicht ein bisschen blöd geworden, aber fotografieren kann Mama, das muss man ihr lassen. Also, keine Sorge, man erkennt dich auf alle Fälle.«

»Das ist doch das Schlimme«, murmelte ich.

Der Junge am Kiosk war bestimmt nicht blöd. Er würde garantiert einer der Ersten sein, die mein Bild in der Zeitung sehen würden. Und dann würde er sich total reingelegt vorkommen. Spielt die schüchterne Russin, die kein Deutsch kann, und ist in Wirklichkeit die Tochter des Stararchitekten.

»Eh, was soll das? Spinnst du? Mach doch kein Drama daraus, bloß weil du so komisch aussiehst in der Zeitung! Die meisten sehen auf Fotos blöd aus. Das ist noch lange kein Grund, die Zeitung zu zerreißen.«

Albert hatte natürlich Recht. Sorgfältig strich ich den Fußballteil glatt. Vielleicht sollte ich die Bundesligaergebnisse auswendig lernen oder die Mannschaftsaufstellungen. Jedenfalls half es gar nichts, die Zeitung zu zerreißen. Ich musste stattdessen an die Exemplare kommen, die am Bahnhofskiosk lagen und das möglichst bald.

»Albert«, sagte ich. »Ich brauch deine Hilfe. Denk dran, ich hab tausend Wünsche frei!«

»Das ist absolut verrückt, was du vorhast«, meinte er kopfschüttelnd, als ich ihm meinen Plan erzählte. »Erstens wird das teuer, zweitens ist es blöd und drittens weiß ich nicht, wozu das Ganze gut sein soll.«

»Ich schreib einen wunderschönen Liebesbrief an Carolin oder an wen auch immer du willst. Und ihr dürft mit zur Disco und Carolin kann alle ihre Freunde mitbringen. Oder wünsch dir sonst was … Albert, hilf mir bitte. Es ist wirklich wichtig.«

Mein Bruder zuckte die Schultern. »Na gut, wenn du meinst. Aber bezahlen musst du. Und das wird teuer, glaub mir.«

- 4 -

Genau achtzig Euro hab ich bezahlt«, sagte Albert und hievte die drei verschnürten Pakete aus seinem Fahrradkorb. »Ich sollte mich besser nicht mehr dort blicken lassen. Was meinst du, wie bescheuert ich mir vorkam.«

Ich fiel ihm um den Hals. »Das vergess ich dir nie, ganz bestimmt. Wer hat dir denn die Zeitungen verkauft?«

»Irgendeine alte Frau. Und sie hat mir garantiert alle mitgegeben, die sie auftreiben konnte.«

»Und du meinst, am Kiosk ist bestimmt keine einzige Tageszeitung mehr?«

»Keine! Sag ich doch! Nach mir kamen Leute und wollten die Zeitung und ich hab nur noch gehört, wie sie sich geärgert haben, dass alle schon ausverkauft waren. Und jetzt kannst du mir vielleicht mal erklären, was du mit genau achtzig Tageszeitungen vorhast? Willst du dein Zimmer neu tapezieren? Oder verteilst du sie auf der Straße, damit jeder sieht, wie prominent du bist?«

Ich lachte. »Nein, das garantiert nicht. Du musst mir noch einmal helfen. Wir werden jetzt diese achtzig Tageszeitungen in den Müllschlucker werfen.«

Albert erklärte mich für verrückt, ganz eindeutig für verrückt. Er murmelte was von »Arzt anrufen«.

Der Müllschlucker streikte schon bei der zweiten Zeitung, meldete »anderen Wertstoffbehälter anwählen«, aber ich wusste nicht, wie das ging, und Albert hatte auch keine Ahnung. Also verstaute ich die Zeitungspakete unter meinem Bett und rannte zum Bus, um Anne am Bahnhof abzuholen.

Erst auf den zweiten Blick erkannte ich meine Freundin. Sie hatte sich die Haare raspelkurz schneiden lassen und karottenrot gefärbt.

»Nur wegen Jonas«, sagte sie entschuldigend, als sie mir um den Hals fiel. »Die Haarfarbe hab ich wegen Jonas. Aber ich versprech dir, nicht mehr lange! Ich hab ihm gar nicht gesagt, dass ich wegfahre. Vielleicht macht er sich ja Sorgen. Soll er doch! Und dann wird er mal merken, wie das ist, wenn man ...« Sie holte tief Luft, dann lachte sie. »Kein Wort mehr von Jonas, das versprech ich dir. Weißt du, wir können uns auch ohne Jungs ein paar schöne Tage machen.« Sie öffnete ihre überdimensionale Reisetasche und kramte hektisch darin rum. »Mist, ich hab die Tüte im Zug liegen lassen!«

Typisch Anne, dachte ich und musste grinsen. Eigentlich passt sie ganz gut zu Jonas, der vergisst auch immer alles.

»Wir fragen mal im Bahnhof nach«, schlug ich vor. »Garantiert gibt es hier so ’ne Art Fundbüro. Was war denn drin in der Tüte?«

Anne rollte mit den Augen. »Die Kronjuwelen der Königin von England! Nein, im Ernst, ich hab wahnsinnig teure Pralinen für dich gekauft. Ich dachte, gegen den ganzen Frust mit dem Umzug und so.«

Ist doch egal, mir sind die Pralinen nicht wichtig, wollte ich sagen, aber schon hatte sie sich umgedreht, die Augen suchend zusammengekniffen, den Kiosk entdeckt und war davongestürmt.

»Ich kauf hier welche. Komm mit und such dir aus, was du magst!«, rief sie mir zu.

»Ich bleib lieber hier und pass auf deine Tasche auf!«, brüllte ich ihr hinterher.

Jetzt mit meiner Freundin zum Kiosk zu gehen würde eine mittlere Katastrophe werden. Ich kannte Anne: Sie würde munter drauflosquatschen und irgendwann würde ich auch was sagen müssen – überhaupt, es würde alles nur noch peinlicher werden, als es ohnehin schon war.

Zufrieden kam Anne nach ein paar Minuten zurück. »Sind zwar ziemlich überteuert, aber ich hab immerhin ein Mitbringsel für dich.« Sie fiel mir um den Hals und einen Moment klang sie so, als ob sie heulte. »Sandra, ich vermisse dich wirklich. Ohne dich ist es einfach bescheuert in Ludwigsstadt. Und die Sache mit Jonas gibt mir den Rest, das kannst du mir glauben.«

Es war wieder wie früher zwischen uns. Wir verzogen uns auf die Terrasse, blödelten ein bisschen rum, aßen die Pralinen und Anne erzählte schließlich von ihrem Kummer mit Jonas.

»Er hat gesagt, ich soll nicht so ein Theater machen wegen Sarah und dann kam die doch tatsächlich her und stellte sich direkt neben ihn. Und dann hat sie seine Hand genommen. Kannst du dir das vorstellen?« Anne schüttelte den Kopf. »Ich war natürlich total fertig und hab gesagt, sie soll bloß –« Sie beugte sich vor zu mir. »Sag mal, hörst du mir überhaupt zu?«

»Doch, klar«, beteuerte ich schnell. »Du hast gesagt –«

»Ja, ich hab den beiden erklärt, dass ich da nicht mitmache und ...«

Anne redete und redete. Ich hatte mich zurückgelehnt, sah den Schäfchenwölkchen am Sommerhimmel nach und überlegte, ob ich verliebt war. Ich musste einfach immerzu an ihn denken. Ob ich wollte oder nicht! Dabei kannte ich nicht mal seinen Namen.

Ich hatte eine merkwürdige Scheu davor, mir einen Namen für ihn auszudenken. Nur ein besonders schöner Name passt zu ihm, dachte ich.

Anne schob mir die letzte Praline rüber. »So, jetzt weißt du so ziemlich alles«, sagte sie. »Und jetzt will ich wissen, was mit dir los ist. Ist er Russe und versteht kein Deutsch? Und was ist mit Fußball? Ich hab's nicht ganz kapiert!«

»Es ist auch kompliziert«, sagte ich. »Weißt du, ich habe mich auf den ersten Blick verliebt.«

Sie lachte. »Das ist doch super! Wie romantisch! Da kannst du ruhig auch mal das T-Shirt mit den Rosen anziehen, das passt dann doch.«

»Leider ist alles viel komplizierter. Anne, ich hab den Eindruck, ich mach irgendwas falsch.« Ich erzählte ihr vom Fußballverein und dem Leistungstest und wollte gerade von meinem Erlebnis am Bahnhof berichten, da klingelte das Telefon.

Ich hatte wieder eine kleine Sekunde lang die irrwitzige Idee, er könne es sein. Er hat mein Bild doch in der Zeitung gesehen und weil er unsterblich in mich verliebt ist, hat er meine Telefonnummer rausgefunden und ruft mich an!

Ich sprang auf. »Telefon«, sagte ich überflüssigerweise zu Anne.

»Ihr habt doch 'nen Anrufbeantworter«, rief sie mir hinterher. »Erzähl lieber weiter, es ist gerade richtig spannend ...«

Endlich, beim siebten Klingeln, fand ich das Telefon. Es lag dort, wo es hingehörte, aber auf diese nahe liegende Idee war ich vor lauter Aufregung nicht gekommen.

Meine Stimme zitterte leicht, als ich mich meldete. Aber es war bloß meine Mutter, die mich an den Termin beim Kieferorthopäden erinnern wollte. Den hätte ich fast verschwitzt!

Ich verabschiedete mich schnell von Anne und rannte los. In der Praxis musste ich zwei Stunden warten. Endlich kam ich dran und war nach drei Minuten im Sprechzimmer wieder draußen.

Eilig radelte ich wieder nach Hause. Anne war bestimmt sauer, weil sie so lange hatte warten müssen. Wahrscheinlich hatte sie sich grauenhaft gelangweilt. Oder vielleicht Albert mit ihrem Liebeskummer genervt.

Aber ich hätte mir meine Sorgen sparen können. Anne saß mit extrem guter Laune auf der Mauer vor dem Haus und strahlte mich an. Sie hatte sich ausgesperrt, weil ich vergessen hatte ihr meinen Schlüssel zu geben, aber das schien sie nicht im Geringsten zu stören.

»Ich find es ganz toll hier«, sagte sie, als sie von der Mauer sprang. »Und ich bin garantiert total braun geworden in den zwei Stunden hier draußen.« Dann kicherte sie. »Sandra, du kannst dir nicht vorstellen, was ich erlebt habe.« Sie schüttelte den Kopf. »So was kann auch nur mir passieren. Und außerdem hab ich was für dich in die Wege geleitet.«

Ich guckte sie fragend an.

»Fußball! Leistungstest!«, sang sie und tänzelte auf und ab. »Ich bin ein bisschen rumgelaufen und hab auf dem Spielplatz ein paar Jungs entdeckt, die Fußball spielten. Und mit denen hab ich ausgemacht, dass du nachher mal vorbeikommst und dich informierst.«

»Ich weiß nicht«, sagte ich. »Ist das nicht ein bisschen merkwürdig, wenn ich ...«

Sie schüttelte den Kopf. »Ich hab denen erklärt, dass deine Mutter eine berühmte Journalistin ist und einen Fußballartikel schreiben will. Und dass du die Vorarbeit für sie machst! Die Jungs sind ganz wild drauf, in die Zeitung zu kommen, und erklären dir garantiert alles, was du fragst.«

Vielleicht ist die Idee gar nicht so schlecht, dachte ich. »Gut, dann lass uns auf den Spielplatz gehen«, sagte ich. »Wir können ja –«

Anne unterbrach mich. Sie könne leider nicht mit, meinte sie, denn sie habe sich soeben verliebt, »ganz frisch verliebt«, wie sie mindestens dreimal wiederholte.

Sie hatte auf der Mauer gesessen, als ein Typ vorbeikam, und irgendwie waren sie ins Gespräch gekommen. Er sei ziemlich schüchtern, sagte Anne, aber sie habe beschlossen sich in ihn zu verlieben und habe sich mit ihm verabredet.

»Das geschieht Jonas ganz recht. Soll er ruhig mal merken, wie das ist. Ich schick ihm gleich 'ne Mail, dass ich mich auch verliebt habe, aber nicht in ihn!« Sie sah mich triumphierend an. »Na, was sagst du jetzt? Oder soll ich vielleicht Trübsal blasen wegen diesem komischen Jonas?«

Ehrlich gesagt: Ich bewunderte sie. Sie ging einfach grandios mit der Situation um. Anstatt um Jonas und die Beziehung zu ihm zu trauern, verliebte sie sich in einen anderen.

Ich konnte mir vorstellen, wie sie den Jungen angesprochen und sich mit ihm verabredet hatte. Anne hatte damit keine Probleme, ganz im Gegensatz zu mir.

»Du wirst heute Nachmittag zur Fußballexpertin ausgebildet, ich treffe mich um vier mit dem Jungen und heute Abend machen wir dein Fitnesstraining. Einverstanden?«

Der kleine Bolzplatz lag in der prallen Mittagssonne, aber die drei Jungs spielten unverdrossen. Eine Weile schaute ich ihnen nur zu, dann rief einer, ob ich das Mädchen von der Zeitung sei und ich könnte ruhig auch mitspielen.

»Ich wollte euch erst mal einiges fragen!«, rief ich zurück. Ehrlich gesagt hatte ich wenig Lust, auf dem staubigen Platz hinter einem Ball herzurennen.

Der größte der Jungs kam völlig außer Atem näher und grinste mich an. »Wir wollen dann aber auch mit Bild in der Zeitung erscheinen«, sagte er. »Was willst du alles wissen?«

»Alles«, sagte ich. »Ich will alles über Fußball wissen.«

Eine halbe Stunde später schwirrte mir der Kopf, aber ich wusste wahrscheinlich wirklich alles. Fast alles!

»Du musst mal kommen, wenn Tiffo da ist«, sagte einer der Jungs. »Der ist topfit in Fußball. Eigentlich wollte er heute Mittag mitspielen. Du kannst ja auf ihn warten. Oder ich geb dir seine Telefonnummer.«

»Nee, danke!«, sagte ich. »Ich glaube, das reicht fürs Erste.«

Ich versprach den dreien, dass meine Mutter irgendwann in nächster Zeit einen großen Artikel über sie schreiben und ein tolles Bild schießen würde.

Dann rannte ich nach Hause. Mit ein bisschen gutem Willen konnte man das als einen Teil meines Fitnesstrainings ansehen. Außerdem musste ich mich beeilen, denn ich hatte noch einiges vor. Duschen, schminken, umziehen.

Am Bahnhof war Hochbetrieb.

Eine Gruppe von Kindergartenkindern belagerte den Kiosk. Aber ich hatte Zeit, viel Zeit. Geduldig rückte ich mit der Schlange vorwärts, eingekeilt zwischen kreischenden und kichernden Fünfjährigen und genervten Betreuern. Aber ich blieb total ruhig.

»Hallo«, würde ich sagen und ihn dabei nett anlächeln. »Hallo. Ich möchte mich bei dir bedanken und dich fragen, ob du mit mir ein Eis essen gehen willst.«

Aber vielleicht war der Satz mit dem Eisessen doch nicht so gut. Am Kiosk gab es ja auch Eis und weshalb sollten wir dann woanders hingehen? Ich musste mir also etwas anderes überlegen.

Aber mir fiel irgendwie nichts Richtiges ein, sosehr ich auch nachdachte. Ich beschloss mich einfach auf meine Eingebung zu verlassen.

Wichtig war nur, dass außer uns beiden niemand am Kiosk war. Die alte Frau lief gerade mit einem Tablett mit Getränken zum Bahnhof. Mit ein bisschen Glück würde sie erst zurückkommen, wenn zwischen uns einiges geklärt war. Und ich würde Glück haben, da war ich mir total sicher. Hoffte ich wenigstens.

Vielleicht sollte ich nicht unbedingt »Hallo« am Anfang sagen. Das klingt so komisch, dachte ich, wie bei einem Telefongespräch. Vielleicht »Hi«?

Oder einfach nur lächeln. Aber das würde so nach fehlenden Deutschkenntnissen aussehen. Ich biss mir auf die Unterlippe, bis mir einfiel, dass ich damit meinen Lippenstift verschmierte.

Plötzlich brüllte einer der Betreuer vom Bahnsteig herüber, dass der Zug in einer Minute einfahre. Die Kinder stürmten zum Bahnhof hinüber und ich stand allein vor dem Kiosk.

Aber die Planung meines großen Auftrittes hätte ich mir sparen können!

»Gummibärchen hab ich jetzt keine mehr«, informierte mich ein älterer Mann. »Aber sonst gibt es noch fast alles. Was willst du denn?«

»Ich möchte wissen, wo der Junge ist, der neulich hier war«, hörte ich mich mit total komischer Stimme fragen. »Weil ...« Ich verstummte.

»Der Tiffo? Tja, der macht heute frei, sind ja auch Ferien. Also, was möchtest du?«

»Tiffo?«, wiederholte ich ungläubig. »Haben Sie gerade Tiffo gesagt?«

Der Mann sah mich fragend an. »Ist irgendwas mit dir?«

Ich schüttelte den Kopf. Dann griff ich nach der nächstbesten Zeitung. »Die hier.«

»Zwei fünfzig«, sagte der Mann.

Ich steckte die *Ornithologische Rundschau* achtlos in meinen Rucksack. »Danke«, rief ich, »vielen Dank!«

Ich radelte, so schnell ich konnte, zum Fußballplatz zurück. Warum hatte ich Idiot mir nicht die Nummer von Tiffo geben lassen? Das wäre die Chance gewesen!

Keuchend kam ich am Bolzplatz an. Aber von den Fußball spielenden Jungs war weit und breit nichts mehr zu sehen.

Eigentlich konnte ich doch ganz zufrieden sein, dachte ich, als ich nach Hause radelte. Ich hatte ihn zwar nicht persönlich getroffen, aber ich kannte jetzt immerhin seinen Namen und fast seine Telefonnummer. Vielleicht hatte Anne ja eine Idee, wie es weitergehen könnte.

Ich traf sie wieder auf der Mauer sitzend an. Meine Freundin war total euphorisch. Stefan sei ungeheuer süß, ziemlich schüchtern zwar – immer noch –, aber irre süß. Mit irgendeinem Fernsehstar habe er Ähnlichkeit oder einem Sänger.

»Ich bin sicher, ich hab den Typ, mit dem er Ähnlichkeit hat, im Fernsehen oder im Kino gesehen, und das ist noch gar nicht lange her.« Sie lachte. »Aber du kennst ja mein Personengedächtnis. Weißt du noch, wie ich den neuen Direktor an der Schule mit dem Hausmeister verwechselt habe?«

»Das liegt nur daran, dass du keine Brille trägst«, sagte ich. »Anne, du siehst nur die Hälfte von der Welt, glaube ich manchmal.«

»Ich sehe genug. Jedenfalls alles, was wichtig ist. Zum Beispiel hab ich Stefan gesehen, oder?« Sie zögerte kurz. »Du, können wir dein Fitnesstraining heute Abend ganz kurz machen? Ich hab mal gelesen, dass man nicht zu lange trainieren soll, weil dann … na, ich weiß auch nicht mehr, was dann passiert, aber …«

»Ich hab eigentlich überhaupt keine Lust zu trainieren«, sagte ich. »Meinst du wirklich, ich bin bis morgen Abend um sechs so fit, dass ich in die Pokalmannschaft komme?«

Meine Freundin sah mich prüfend an. »Weiß nicht. Aber es geschehen immer wieder Wunder. Außerdem hast du heute Nachmittag sicher einiges gelernt, oder?«

Ich nickte. »Und das Tollste ist: Ich kenn jetzt nicht nur die Abseitsregeln, ich weiß auch, wie der Junge heißt und wie ich an seine Telefonnummer komme!«

»Dann kannst du dir das mit dem Training schenken«, meinte Anne, als ich ihr alles erzählt hatte. »Wir gehen nachher einfach noch mal am Bolzplatz vorbei und fragen die Jungs nach der Telefonnummer. Dann rufst du ihn an und redest nett mit ihm. Am Telefon ist das viel leichter als am Kiosk oder auf dem Fußballplatz, ganz ehrlich!«

Ich nickte. »Okay! Und was machen wir heute Abend?«

Meine Freundin lachte. »Wir gehen ins Kino. Mit Stefan! Er bringt noch einen Freund mit. Sag mal, kann ich mir für heute Abend noch was von dir zum Anziehen leihen?«

- 5 -

Ich kann nicht mehr«, japste Anne. »Müssen wir denn so rennen? Das ruiniert mein ganzes Outfit! Können wir nicht den nächsten Bus nehmen? Da fährt doch bestimmt noch einer!«

»Wir können nicht nur, wir müssen«, sagte ich und starrte dem Bus nach, der gerade losfuhr. Wir hatten wahnsinnig lange gebraucht, bis wir uns angezogen und geschminkt hatten.

»Kriegsbemalung«, hatte Albert gespottet, aber dann war Carolin die Treppe heruntergekommen, mindestens genauso angemalt wie wir, und mein Bruder sagte keinen Ton mehr.

Anne ließ sich völlig erschöpft auf eine Bank fallen. »Ich hatte ja keine Ahnung, dass wir einen Tausend-Meter-Lauf hinlegen würden. Reicht das als Training für deinen Leistungstest?« Sie japste nach Luft. »Und schaust du mal, wann der nächste Bus kommt?«

»In einer halben Stunde.«

»In einer halben Stunde. Wir haben also jede Menge Zeit.« Anne lachte kurz auf. »Da hätten wir gar nicht so rennen müssen. Und ich hätte mir noch andere Schuhe anziehen können.« Sie zog den rechten Schuh aus und begutachtete kritisch ihren Fuß. »Na ja«, meinte sie dann, »im Kino ist es ja dunkel und man kann die Schuhe ausziehen. Diese Schuhe sind grauenhaft unbequem, aber ich finde, sie sehen einfach grandios aus.«

»Im Kino kannst du auch gleich noch die Ohrringe ablegen«, fügte ich hinzu. Anne hatte sich ein Paar riesiger Ohrclipse von mir geliehen, die furchtbar drückten.

»Viel bleibt dann aber nicht mehr von meiner Schönheit übrig«, seufzte sie.

Wir mussten beide lachen.

Sie holte eine Tüte Chips aus ihrer Tasche. »Vielleicht sollten wir die besser jetzt essen als nachher im Kino. Wir müssen sonst Stefan und seinem Freund auch welche anbieten und das ist schließlich unser Abendbrot.«

»In welchen Film gehen wir überhaupt?«, fragte ich nach einer Weile.

Anne zuckte die Schultern. »Keine Ahnung«, mümmelte sie mit vollem Mund. »Aber ich mit meiner Kurzsichtigkeit sehe ohnehin nicht allzu viel. Da ist es eigentlich egal, welcher Film läuft. Außerdem gehen wir ja nicht wegen des Films ins Kino, oder?«

Damit hatte sie natürlich Recht. Ich nahm Anne die letzten drei Chips aus der Hand und steckte sie in den Mund.

Als sie protestieren wollte, grinste ich bloß. »Denk dran, die Hose ist sowieso schon zu eng.«

Anne wollte etwas sagen, aber in dem Moment

kam der Bus, wir stiegen ein und fuhren in Richtung Stadtmitte.

Als wir vor dem Kino ankamen, hatten alle Vorstellungen bereits begonnen und Anne konnte Stefan und seinen Freund nirgends entdecken.

»Vielleicht sind sie schon reingegangen«, sagte ich. »Was meinst du, in welchen von diesen Filmen würde Stefan am wahrscheinlichsten gehen?«

Anne runzelte die Stirn und starrte in den Schaukasten. »Also, in den Märchenfilm garantiert nicht, in den mit dem Autorennen, na, ich weiß nicht und dieser Horrorfilm ...« Sie schüttelte den Kopf. »Wir müssen einfach ins Kino reingehen und gucken.«

»Spinnst du? Du kannst doch nicht in jede Vorstellung rein und nachsehen, ob Stefan drin sitzt! Außerdem ist es da ziemlich dunkel und du siehst sowieso nichts.«

»Ich bin gar nicht so kurzsichtig, das kannst du mir glauben, der Augenarzt hat gesagt, es sei nur ganz minimal. Und außerdem bist du dabei. Ich sag dir genau, wie Stefan aussieht.«

»Spinnst du? Du glaubst doch nicht im Ernst, dass ich allen Leuten ins Gesicht starre und sie frage, ob sie zufällig Stefan heißen und mit meiner Freundin verabredet sind?«

»Ich frag dann eben an der Kasse nach. Vielleicht erinnert sich die Frau an Stefan. Garantiert wird sie sich erinnern. Er sieht so süß aus, man kann ihn einfach nicht übersehen.«

Nach drei Minuten kam sie ziemlich frustriert zurück.

»Wahrscheinlich ist die Frau halb blind«, mutmaßte sie. »Ansonsten müsste er ihr doch aufgefallen sein, oder?«

»Ja, vielleicht. Und was machen wir jetzt?«

»Es gibt noch ein zweites Kino in Friedingen«, sagte Anne vorsichtig. »Vielleicht sollten wir …«

»Ruf Stefan an«, schlug ich vor. »Und wenn es heute Abend nicht mehr klappt, dann fahren wir eben heim und kochen uns Spaghetti oder so was.«

Anne zögerte, aber dann nickte sie. Wahrscheinlich hatte sie auch keine Lust mehr, noch lange rumzustehen. Sie holte ihr Handy aus der Tasche, fasste zuerst in ihre rechte, dann in ihre linke Hosentasche und ließ schließlich das Telefon sinken.

»Fehlanzeige«, murmelte sie. »Kann man nichts machen, ist eben so.«

»Und was heißt das jetzt genau?«

Sie sah mich an. »Der Zettel mit Stefans Telefonnummer ist in der Hose, die ich am Nachmittag anhatte. Und die Hose liegt bei dir zu Hause im Badezimmer. Mist, ich hätte mich vielleicht doch nicht umziehen sollen.«

Ich überlegte kurz. Dann glaubte ich das Problem gelöst zu haben. »Du hast ihn doch vorhin von zu Hause aus noch mal angerufen. Um die Uhrzeit abzuklären«, sagte ich. »Also drückst du jetzt die Wahlwiederholungstaste und alles ist klar.«

»Ähm«, druckste Anne rum. »Das geht nicht. Bei meinem Telefon geht das irgendwie nicht.«

»Klar doch. Gib her, ich krieg das schon hin.«

»Nein, das geht nicht, weil … Na ja, ist ja auch egal, wenn du's erfährst. Ich hab vom Badezimmer aus Jonas angerufen.«

»Jonas? Warum denn das plötzlich?«

»Ich dachte, er macht sich bestimmt Sorgen, weil ich mich den ganzen Tag nicht gemeldet habe, aber er war gar nicht zu Hause und deshalb hab ich drei von seinen Freunden angerufen, aber die wussten auch nichts. Und dann hab ich schließlich noch bei Sarah angerufen. Ich hab aber gleich aufgelegt, als sie sich gemeldet hat. Irgendwie hatte ich Angst, Jonas würde sich dort melden.« Sie seufzte. »Ja, war ziemlicher Blödsinn, aber ist nun mal so gelaufen. Wahlwiederholung geht also nicht. Und der Zettel ist in der Hosentasche. Sollen wir vielleicht Albert anrufen und ihn bitten …?« Als sie mein Gesicht sah, nickte sie. »Okay, also nicht Albert anrufen.«

Wir sahen einander an. Dann nickten wir beide.

»Es sind nur eineinhalb Kilometer«, sagte meine Freundin, als wir losrannten. »Und du bist morgen fit wie ein Turnschuh!«

Mit schmerzverzerrtem Gesicht blieb sie nach zwei Minuten stehen. »Warum habe ich Idiot keine bequemeren Schuhe angezogen«, murmelte sie.

Ich lief locker weiter. Ich schien auf dem besten Weg zu sein sportlich zu werden.

Ein paar Jungs mit Fahrrädern standen vor dem Kino, als wir angetrabt kamen.

»Und? Ist Stefan dabei?«

Anne zuckte die Schultern. »Du kennst doch mein Personengedächtnis«, keuchte sie. »Aus der Entfernung kann ich das nicht beurteilen. Ich renne jetzt aber keinen Meter mehr. Wir stellen uns einfach an den Eingang und warten, ob einer von den Jungs Stefan ist.«

Ich sah Anne fragend an.

Sie lachte. »Wenn einer von denen Stefan ist, dann erkennt er mich und kommt auf uns zu«, erklärte sie.

»Vorausgesetzt, er hat ein besseres Personengedächtnis als du und ist nicht ebenfalls kurzsichtig«, sagte ich.

Dann warteten wir. Ein Junge mit gelb gefärbten Haaren sagte halblaut etwas und die anderen lachten. Dann machte er einen Schritt in unsere Richtung.

Ich stieß Anne in die Seite und flüsterte: »Ist er das?«

Sie kniff die Augen zusammen und schüttelte ärgerlich den Kopf. »Ich kann ihn nicht genau erkennen.«

»Gelb gefärbte kurze Haare, Brille, blaues Sweatshirt, Ohrring.«

Sie schüttelte den Kopf. »Nein, hundertprozentig nicht. Das ist nicht Stefan.«

»Vielleicht kannst du mir mal sagen, wie er aussieht«, schlug ich vor. »Dann gleichen wir ab, ob einer von den Jungs da drüben überhaupt infrage kommt.«

Anne nickte. »Klar, das ist die einfachste Möglichkeit. Ich hab schließlich auch keine Lust, den ganzen Abend hier vor dem Kino zu stehen. Also, Stefan hat ein weißes T-Shirt angehabt und Jeans, aber nicht mit Schlag, eher so Röhrenjeans, wenn du verstehst, was ich meine. Und Turnschuhe, schwarz, glaub ich.«

»Und wie sieht er aus?«

»Na, ganz normal eben. Jedenfalls keine gelben Haare!«

»Haarfarbe? Augenfarbe? Größe? Gewicht?«

»Willst du ein Fahndungsplakat machen oder was?« Anne schüttelte den Kopf. »Ich glaube, er hat braune Haare. Augenfarbe? Keine Ahnung. Größe? Na ja, etwas größer als Jonas, würde ich sagen. Oder vielleicht doch nicht? Und Gewicht? Auch normal. Alles ganz normal!«

»Toll«, sagte ich. »Da drüben haben drei Jungs braune Haare und sehen völlig normal aus. Aber ich glaube nicht, dass Stefan dabei ist. Sonst hätte er sich bemerkbar gemacht, oder?«

»Also gehen wir ins Kino.« Anne hakte mich unter. »Du weißt ja jetzt immerhin, wie er aussieht. Da dürfte es nicht mehr schwierig sein, ihn zu finden.«

Der Film *The wonderful world of Jim Avignon* lief ohne deutsche Untertitel, wie uns die Frau an der Kasse informierte.

»Wir wollen unser Englisch verbessern«, sagte ich und grinste Anne an. Sie verzog das Gesicht.

»Das würde ich von meinen Kindern auch gern mal hören.« Die Frau lachte. »Da drinnen sitzen lauter fleißige junge Leute. Drei Schulklassen, und das in den Ferien. Alle Achtung!«

»Wie viele Leute sind denn ungefähr drin?«, fragte ich vorsichtig.

»Sechsundneunzig«, sagte die Frau nach einem kurzen Blick auf ihren Computer. »Geht schnell rein, der Film läuft schon eine Viertelstunde.«

»Also, Sandra, los!« Anne schob mich durch die Tür in den Kinosaal.

»Wie stellst du dir das vor?«, flüsterte ich. »Es ist dunkel hier und ich hab keine Ahnung, wie Stefan aussieht.«

»Wir gucken erst mal nach weißen T-Shirts«, schlug Anne vor. »Dunkle Haare, weißes T-Shirt und –«

»Ruhe!«, rief eine Mädchenstimme. »Könnt ihr euch nicht mal hinsetzen?«

Wir ließen uns auf die nächstbesten freien Plätze fallen.

»Ups«, machte Anne nach einer Weile. »Ich glaube fast, du hast Recht. Es ist verdammt schwierig, Stefan hier zu finden.«

Flüsternd einigten wir uns, kurz vor Ende des Films zum Ausgang zu gehen und dort auf Stefan zu warten.

Anne machte es sich neben mir bequem. Sie zog leise ächzend ihre hochhackigen Sandalen aus und legte die Ohrclips ab.

Dann amüsierten wir uns über den Film.

»Mist!«, murmelte meine Freundin, als der Abspann über die Leinwand flimmerte. »Wir müssen schnell zum Ausgang.« Mit zwei Handgriffen hatte sie sich die Ohrclips wieder angesteckt und angelte nach ihren Schuhen.

»Beeil dich«, sagte ich. »Die Ersten gehen schon.«

»Ich finde den zweiten Schuh nicht«, fluchte Anne. Sie bückte sich und spähte unter die Sitzreihen. »Der verdammte Schuh ist weg.«

»Dann geh eben barfuß«, sagte ich ungerührt.

Sie sah mich fassungslos an. »Die Schuhe waren wahnsinnig teuer und sind total schick. Du glaubst doch nicht im Ernst, dass ich wegen irgendeinem Jungen auf meine Schuhe verzichte! Stell du dich doch schon mal an den Eingang, ich komme nach. Du weißt ja, wie Stefan aussieht.«

Ich nickte. Ich hatte keine Ahnung, wen ich suchen sollte, aber es war mir auch ziemlich egal. Vielleicht konnten wir auf dem Rückweg einfach am Kiosk vorbeigehen und ein paar Chips und Schokolade kaufen. Ich war ziemlich hungrig.

Die Leute strömten aus dem Kino. Ich hielt Ausschau nach einem dunkelhaarigen Jungen mit weißem T-Shirt, aber leider entdeckte ich gleich drei, die so aussahen, und ich traute mich natürlich nicht, sie zu fragen, ob einer von ihnen Stefan war.

Also blieb ich am Eingang stehen, bis sich das Kino geleert hatte. Anne schien immer noch nach ihrem Schuh zu fahnden. Ich wollte gerade wieder hineingehen und bei der Suche helfen, da bremste ein Rad neben mir und Tiffo lachte mich an.

»Hallo«, sagte er. »Gehst du ins Kino? Der Film soll gut sein, hab ich gehört.«

Ich schüttelte den Kopf.

»Ach so. Ich rede zu schnell«, sagte er langsam und grinste ein bisschen dabei.

Verflixt, er schien nicht vergessen zu haben, dass ich angeblich aus Russland kam. Mit diesem Märchen musste ich endgültig aufräumen.

»Nein, ich war im Kino, der Film ist schon zu Ende und er war ganz toll«, sagte ich schnell.

»Du sprichst ja inzwischen wahnsinnig gut Deutsch!«, staunte er. »Phänomenal. Wenn ich nicht wüsste, dass du aus Russland kommst ...«

Jetzt musste ich was sagen! »Also, die Sache mit Russland ist die ...«, fing ich vorsichtig an.

Tiffo sah mich erwartungsvoll an. »Die Sache mit Russland ist die ...«, wiederholte er.

Ich zupfte nervös an meinen Haaren herum. Es war so verdammt schwierig, alles zu erklären.

Tiffo nickte. »Du kommst überhaupt nicht aus Russland. Du bist nämlich die Tochter von irgend so einem Architekten.« Er wirkte plötzlich ziemlich amüsiert. »Ich hab dein Bild in der Zeitung gesehen und dich sofort erkannt. Obwohl, in Wirklichkeit bist du viel hübscher.«

Ich hoffte bloß, dass er in der Dunkelheit nicht sah, wie ich rot geworden war.

»Ich wollte mir eine Zeitung aufbewahren, aber als ich an den Kiosk kam, hatte jemand alle aufgekauft. Vielleicht ein Freund von dir?«

Ich lächelte und schüttelte den Kopf.

»Sandra«, sagte er langsam.

Zwei Jungs auf Inlineskates drängten sich an uns vorbei. Einer der beiden rief laut: »Sind wir hier im Kino? Ist das ein Liebesfilm?«

Wir beachteten die beiden nicht. In diesem Moment gab es nur Tiffo und mich.

Er sieht so lieb aus, dachte ich, alles wird gut. Jetzt erzähle ich ihm die ganze Geschichte und dann gehen wir vielleicht noch ein Eis essen.

»Weißt du …«, murmelte er und stand ganz nah vor mir.

»Ja?«, sagte ich. Irgendwie bekam ich in diesem Moment wahnsinniges Herzklopfen. Ich wusste genau, dass gleich etwas unheimlich Wichtiges und Schönes passieren würde.

Tiffo schluckte.

»Ja?«, sagte ich nochmals.

Irgendwo hupte jemand laut, eine Männerstimme schimpfte, aber das alles war ganz weit weg.

»Ich wollte dir nur sagen, neulich, also am Kiosk, als du –«

»Wo bleibst du denn? Ich such dich schon die ganze Zeit!« Ein Junge bremste sein Rad scharf neben uns ab.

»Ja, entschuldige«, murmelte Tiffo, »ich –«

»Ist ja auch egal«, sagte der Junge. »Ich wollte dir bloß sagen, dass Nelli allein im Kiosk ist. Wenn du sie noch lange dort warten lässt, hast du bei ihr ausgespielt.« Er lachte. »Oder soll ich mit ihr spazieren gehen?«

Tiffo schüttelte den Kopf. »Ich komme schon«, meinte er. »Ich kümmere mich um Nelli.«

»Manche Leute sind einfach blöd«, schimpfte Anne. »Weißt du, wo mein Schuh war? Ganz vorne, in der ersten Reihe! Irgendjemand muss ihn nach vorne geschoben haben. Warum guckst du so komisch? Stimmt irgendwas nicht? Hast du Stefan gesehen?«

Ich schüttelte den Kopf. »Stell dir vor, wen ich getroffen habe!«

Anne sah mich misstrauisch an. »Also, so, wie du guckst, kann das nur Tiffo gewesen sein. Und wo ist er jetzt?«

»Am Kiosk. Ein Freund von ihm kam vorbei und hat ihm ausgerichtet, dass Nelli dort auf ihn wartet.«

»Du hast ihn gehen lassen?« Anne starrte mich an. »Das war doch die Chance! Zu zweit hätten wir ihn garantiert davon überzeugt, dass er dich wahnsinnig nett findet. Und wer ist überhaupt Nelli?«

»Keine Ahnung«, sagte ich. »Irgendein Mädchen ...«

Anne verzog das Gesicht. »Ist das so 'ne Art Sarah vielleicht? Oder seine feste Freundin?«

»Ich habe keine Ahnung. Weißt du, ich bin ziemlich sicher, dass er mich nett findet. Wenn nicht dieser andere Junge gekommen wäre, dann ...« Ich hakte meine Freundin unter. »Ich bin ziemlich glücklich und ich will das Gefühl noch eine Weile genießen«, sagte ich. »Anne, mach nicht so ein nachdenkliches Gesicht.«

»Ich mache kein nachdenkliches Gesicht!« Sie blieb stehen. »Ich weiß nicht, ob es dir so geht wie den Leuten, die von Luft und Liebe leben. Ich hab jedenfalls ziemlichen Hunger!«

In einer Pizzeria in der Nähe des Kinos ergatterten wir einen Fensterplatz. Vielleicht hoffte meine Freundin immer noch, dass Stefan auftauchte.

»Ärgerst du dich, dass wir ihn nicht getroffen haben?«, fragte ich.

Sie schüttelte den Kopf. »Es war wohl nicht die große Liebe seinerseits«, sagte sie laut, »sollte eben nicht sein. Für heute Abend vergess ich die ganze Angelegenheit mal. Die Jungs sind es einfach nicht wert, dass wir uns wegen ihnen den Kopf zerbrechen, oder?«

»Rein theoretisch hast du schon Recht«, sagte ich. »Aber wenn man sich so richtig verliebt hat, dann geht einem das überhaupt nicht mehr aus dem Kopf.«

»Stimmt!« Annes Stimme klang ziemlich düster. »Kannst du dir vorstellen, dass ich die ganze Zeit an diesen blöden Jonas denke? Dabei hat er es überhaupt nicht verdient! Hab ich dir schon erzählt, was er gesagt hat, als ich ihm das neue weiße Kleid gezeigt habe?«

»Später«, sagte ich. »Lass uns erst mal was bestellen. Eine Riesenpizza und zum Nachtisch den größten Eisbecher, den es hier gibt. Und wir reden während des ganzen Essens kein Wort über Jungs, versprochen?«

Bis zur dritten Eiskugel hielt Anne durch. Dann meinte sie: »Ich muss dir jetzt erzählen, wie das mit Jonas und Sarah angefangen hat. Vielleicht sehe ich das Ganze ja auch falsch und es ist ganz harmlos.«

»Wir wollten doch –«

»Ich möchte einfach wissen, wie du das siehst. Also, ich bin mit Jonas spazieren gegangen. Und Sarah führte irgend so einen komischen Hund aus. Und dann behauptete sie, sie hätte Angst, wenn ein anderer Hund käme, und ob Jonas nicht mitgehen würde. Kannst du dir das vorstellen? Und Sarah sah wahnsinnig aufgetakelt aus. Wenn man einen Hund ausführt, dann stylt man sich doch normalerweise nicht so, oder? Ich glaube, sie hat das alles geplant.« Anne sah mich erwartungsvoll an. »Und? Was hältst du davon?«

»Ist Jonas mitgegangen?«

Sie nickte. »Und mich hat er einfach stehen lassen. Hinterher hat er gesagt, ich hätte doch mitgehen können und es sei ganz allein mein Problem.« Anne nahm die Serviette und putzte sich geräuschvoll die Nase. »Aus die Maus!« Sie versuchte zu lächeln. »Aber jetzt erzähl mal, wie es bei dir weitergeht.«

»Ich weiß nicht so genau«, sagte ich. »Morgen um sechs Uhr gehe ich zum Leistungstest. Entweder komme ich in seine Mannschaft, dann sehe ich ihn immer im Training, oder ich komme nicht in die Mannschaft, dann werde ich eben noch ein paarmal zum Kiosk gehen. Und irgendwann –«

Anne kniff die Augen zusammen. »Ich werd verrückt«, murmelte sie. »Da draußen läuft Stefan mit seinem Freund: weißes T-Shirt, blaue Jeans, ich hab's doch gesagt. Zahl bitte schnell und ich renn schon mal raus. Die Chance lasse ich mir nicht entgehen!«

Als ich Minuten später auf die Straße trat, war

von meiner Freundin weit und breit nichts mehr zu sehen. Fröstelnd ging ich ein paar Schritte auf und ab und überlegte, wo Anne wohl abgeblieben war. Ein älteres Ehepaar kam mir entgegen und ich wollte die beiden schon fragen, ob sie vielleicht meine Freundin gesehen hatten, da sah ich ihre missmutigen Gesichter und sagte lieber nichts.

Wo konnte Anne bloß stecken?

Unschlüssig lief ich die Straße entlang, bis ich mich endlich dazu entschloss, zur nächsten Telefonzelle zu gehen und von dort Annes Handy anzurufen.

»Hallo, hier bin ich!«, rief jemand an der nächsten Straßenecke und winkte mir zu.

Anne!

»Jetzt erklär mir mal bitte, wo du die ganze Zeit warst!«, sagte ich, als wir nach Hause liefen.

Für den Bus hatten wir kein Geld mehr und ich fand, es war eine gerechte Strafe für Anne, mit ihren hochhackigen Schuhen einige Kilometer laufen zu müssen.

»Können wir nicht deine Eltern anrufen, dass sie uns abholen?«, fragte sie. »Die machen sich bestimmt Sorgen, wenn wir bei Dunkelheit allein unterwegs sind. Da vorne ist 'ne Telefonzelle, ich hab eine Telefonkarte dabei.«

Ich blieb stehen. »Hast du dein Handy verloren?«

Anne schüttelte den Kopf. »Es ist alles so wahnsinnig verrückt«, lachte sie. »Stell dir vor, ich renn aus der Pizzeria raus und einem Jungen hinterher, den ich für Stefan gehalten habe. War er natürlich nicht, aber das konnte ich aus der Entfernung auch nicht wissen. Der Typ kam sich richtig von mir verfolgt vor. Vor der Post blieb er dann stehen. Da hab ich meinen Irrtum bemerkt und mich natürlich auch entschuldigt. Ich wollte gerade wieder zurück, da klingelte mein Handy.«

»Stefan«, sagte ich.

»Der hat doch meine Handynummer gar nicht. Nein, Stefan war es nicht. Du ahnst es nicht, wer mich angerufen hat.«

Natürlich ahnte ich es.

Anne tanzte um mich herum. »Stell dir vor, Jonas hat angerufen! Also muss ihm wohl doch was an mir liegen, oder? Jedenfalls war die Verbindung so schlecht, dass ich einem Mann eine Telefonkarte abkaufen und von einer Telefonzelle aus telefonieren musste. Deshalb hat das alles so lange gedauert.«

»Und ist jetzt alles wieder in Ordnung zwischen euch? Hat er deshalb angerufen?«

Anne war stehen geblieben. »Du kennst doch Jonas. Der würde nie sagen, dass er mich vermisst oder so. Das kriegt der einfach nicht über die Lippen. Nee, er wollte wissen, ob ich seine Sonnenbrille noch habe. Aber das ist garantiert nur ein Vorwand. Meinst du nicht auch? Wenn er spät in der Nacht wegen seiner Sonnenbrille anruft?«

»Klar«, sagte ich etwas erschöpft.

Ich wachte auf, weil jemand in meinem Zimmer fürchterlichen Krach machte.

Schlaftrunken setzte ich mich auf. Im gleichen

Moment schienen Mama und Albert ins Zimmer gekommen zu sein.

»Morgen«, murmelte ich. »Was wollt ihr eigentlich alle hier? Ist irgendwas Besonderes?«

»Ich will das verdammte Fenster aufkriegen.« Anne stand mit hochrotem Kopf da und deutete auf den Fenstergriff. »Aber irgendwas klemmt. Und ich hab Fieber. Bestimmt 40 Grad. Ich vergehe fast vor Hitze.«

Mama sah Albert viel sagend an. »Sag mal Papa, dass er die Klimaanlage auf Heizen gestellt hat. Ich vermute das schon den ganzen Morgen, aber er glaubt mir nicht.«

Anne sah sie ungläubig an. »Die Heizung ist an? Mitten im Hochsommer, bei der Hitze da draußen?« Sie schüttelte den Kopf. »Ich dachte, das wäre ein modernes Haus mit allen Schikanen.«

»Genau«, warf ich ein, »Schikanen. Das ist das richtige Wort. Und wer stellt jetzt die Heizung wieder aus?«

Papa war ins Büro gegangen, zeitiger als sonst. Albert rief den Kundendienst an und erfuhr, dass frühestens am Nachmittag jemand kommen würde.

»Na, dann mach ich mich mal auf und arbeite was«, meinte meine Mutter, nachdem wir mit vereinten Kräften alle Fenster im Haus geöffnet hatten. »Wenn was sein sollte, dann erreicht ihr mich in der Redaktion.« Und weg war sie.

»Ich muss jetzt auch los«, sagte Albert. »Carolin wartet auf mich.«

Ich musterte ihn. »Heißt das, mit Carolin und

dir ist alles wieder in Ordnung? Hat dein Liebesbrief gewirkt?«

Das Thema schien ihm peinlich zu sein. »Ich hab den Brief gar nicht abgeschickt. Erzähl bloß niemandem davon«, flüsterte er. »Ich finde Carolin wirklich nett, aber dass ich ihr einen Liebesbrief schreibe ... Ich weiß nicht, das wäre doch ein bisschen übertrieben. Außerdem ging das alles viel einfacher. Ihre Schwester hat keinen Urlaub gekriegt und da fällt Südfrankreich eben ins Wasser.« Er grinste mich an. »Tja, Carolin hat mir 'ne Mail geschickt, als klar war, dass sie nicht wegfährt, ich hab ihr gleich geantwortet und so ist sie eben wieder zu mir zurückgekehrt, auch ohne romantischen Liebesbrief.«

Ich sah ihm nach, wie er pfeifend zur Haustür lief. Vor kurzem war er völlig verzweifelt gewesen, todtraurig, dass er seine Freundin verlieren könnte, und jetzt tat er so ... so cool.

Ob alle Jungs so waren? Bei Tiffo konnte ich mir das nicht vorstellen.

»Und? Was machen wir jetzt?«, fragte ich meine Freundin, als wir beim Frühstück saßen.

Anne verzog das Gesicht. »Haare färben«, murmelte sie. »Hast du nicht gesehen, wie bei mir die Farbe schon wieder rausgewachsen ist? Du hast ja keine Ahnung, wie schnell Haare wachsen.« Sie deutete mit dem Honiglöffel auf mich. »Ich finde, du könntest auch mal 'ne neue Farbe kriegen. Irgendwas, was dich interessanter macht.«

Ich schüttelte den Kopf. »Ist mir zu stressig,

ständig Farbe draufzumachen. Ich hab das bei meiner Mutter mitgekriegt. Die jammert immer rum, weil sie nicht den richtigen Farbton findet. Willst du auch noch Marmelade?«

Anne schüttelte den Kopf und ich kratzte den letzten Rest Erdbeermarmelade aus dem Glas.

»Ehrlich gesagt: Du siehst manchmal ein bisschen langweilig aus!«, sagte Anne.

Ich ließ mein Brötchen sinken. »Findest du wirklich? Tiffo hat aber gesagt, dass –«

Sie schüttelte den Kopf. »Du glaubst doch nicht im Ernst, dass Tiffo dir sagt, dass ihm deine Haarfarbe nicht gefällt. Der denkt das bloß! Das ist bei Jungs immer so.«

Ich lachte bloß, aber als ich mir nach dem Frühstück die Zähne putzte und mich kritisch im Spiegel betrachtete, musste ich zugeben, dass Anne wahrscheinlich Recht hatte. Eine neue Haarfarbe war nötig!

»Super«, sagte Anne, als ich ihr meinen Entschluss kundtat. »Am besten nimmst du das gleiche Rot wie ich. Wir können uns eine Tube teilen, dann wird die Färberei nicht so teuer!«

»Ich habe aber keine Lust, als Karotte rumzulaufen«, protestierte ich.

Meine Freundin lachte bloß und meinte, bei mir würde der Farbton ganz anders aussehen und sie würde gleich mal zum Supermarkt rennen und die richtige Farbe besorgen.

»Na gut, wenn du dich auskennst«, sagte ich. »Aber ich will keine knallroten Haare, klar?«

»Das würde bei dir auch absolut daneben aussehen.« Anne kniff die Augen zusammen und musterte mich. »Der Farbton, der mir vorschwebt, ist einfach genial. Du wirst sehen: Alle werden total begeistert sein.«

»Und du bist ganz sicher, dass es die richtige Farbe für mich ist?«

Anne nickte heftig, während sie mir eine graue Paste in die Haare schmierte. »Außerdem war es ein Sonderangebot. Achtzig Cent billiger als sonst. Jetzt musst du dich nur noch unter eine Trockenhaube setzen. Durch die Wärme wird der Farbton nämlich noch schöner!«

»Trockenhaube haben wir nicht«, sagte ich. »Aber wir können ja einfach draußen sitzen. Es hat bestimmt dreißig Grad.«

Draußen war es tatsächlich schon ziemlich heiß. Wir holten uns Decken, legten uns in die Sonne und hechelten noch mal das letzte Schuljahr durch.

»Und wenn Jonas nicht beim Referat ...«

Ich gähnte. Bloß nicht schon wieder eine Jonas-Geschichte. »Mir wird langsam heiß«, sagte ich. »Komm, lass uns wieder reingehen.«

Anne war aufgesprungen. »Mist!«, rief sie. »Wir haben total vergessen, die Farbe rauszuwaschen!«

Ich hielt den Kopf mindestens eine Viertelstunde unter den Wasserhahn, aber es war vergeblich.

»Pech«, murmelte Anne, als sie meine Haarfarbe begutachtete. »Die Einwirkzeit war einfach zu lang. Vielleicht wird die Farbe nach dem Trocknen besser.«

Aber auch Föhnen und nochmaliges Waschen half nicht. Ich hatte orangerote Haare!

»Und heute Abend geh ich zum Leistungstest«, sagte ich und starrte fassungslos in den Spiegel. »Aber nicht mit diesen Haaren!«

Anne rief mindestens zehnmal die Hotline-nummer an, die auf der Verpackung angegeben war, aber immer war besetzt.

»Kein Wunder!«, vermutete sie. »Wahrscheinlich beschwert sich gerade halb Deutschland über dieses merkwürdige Färbemittel. Wir haben die Einwirkzeit nur um eine halbe Stunde überzogen. Dass das so viel ausmacht!«

Ich holte Alberts Baseballmütze von der Garderobe und setzte sie auf. »Und? Besser?«

»Wenn du die Haare alle drunterstopfst, dann schon«, sagte meine Freundin mit Grabesstimme. Die Sache war ihr extrem peinlich, das merkte man ihr an.

Ich setzte die Mütze ab. »Egal«, murmelte ich. »Irgendwann wächst das ja auch wieder raus, oder?«

»In einem halben Jahr vielleicht ... Einfach blöd, wenn Tiffo dich so sieht.«

Ich nickte. Wenn er mich mit diesen Haaren auch nett finden würde, dann musste er wahnsinnig in mich verliebt sein!

Jemand klopfte ans Fenster. Albert und Carolin standen Händchen haltend im Garten.

»Ich finde meinen Schlüssel nicht«, erklärte mein Bruder, als ich öffnete. »Hast du ihn vielleicht eingesteckt oder –« Er starrte mich entsetzt an. »Verkleidest du dich für Fasching? Pippi Langstrumpf oder so?«

»Nein«, sagte ich so hoheitsvoll wie möglich. »Das ist meine neue Haarfarbe. Wild red, falls du das verstehst!«

Albert lachte laut auf. »Das sieht bescheuert aus, ehrlich. Wie 'ne Orange, die zu wenig Sonne abgekriegt hat.«

Am liebsten hätte ich geheult, aber ich verzog keine Miene. »Du verstehst nichts von Schönheit«, sagte ich und überlegte gerade, ob ich irgendwie das Gespräch auf seine Mitesser lenken sollte, da unterbrach mich Carolin.

»Albert meint das bestimmt nicht so, aber die Farbe sieht ...«, sie zögerte, »na ja, etwas gewöhnungsbedürftig aus.«

»Okay«, sagte ich. »Ich habe jetzt eben diese Haarfarbe. Soll ich mir vielleicht 'ne Glatze schneiden deshalb?«

Mein Bruder nickte heftig und einen Moment lang hatte ich das dumme Gefühl, dass Anne und Carolin am liebsten auch »Ja« gerufen hätten.

»Glatze nicht unbedingt«, meinte Anne nach einer Weile, »aber wenn du weniger Haare hättest, dann würde die Farbe nicht so auffallen.«

»Du meinst abschneiden?«, rief ich entsetzt. »Ich wollte meine Haare lang wachsen lassen.«

»Aber nicht in diesem Orangeton!« Anne hatte bereits eine Nagelschere aus ihrem Rucksack gezogen und fuchtelte damit herum. »Ein Kurzhaarschnitt ist das Beste, was dir in dieser Situation passieren kann.«

Am Anfang schnippelte sie ziemlich zögerlich an meinem rausgewachsenen Pony herum.

»Da muss ein Fachmann ran«, behauptete Albert, der interessiert zugesehen hatte. Er griff nach der Küchenschere und schnitt hinten großzügig ab.

»Super«, unterstützte ihn Carolin. »Das wird eine tolle Frisur.«

Wahrscheinlich trug Carolins Begeisterung dazu bei, dass mein Bruder wie wild an meinen Haaren rumschnippelte. »Vielleicht sollte ich Starfriseur werden. Dazu braucht man kein Deutsch und Geschichte«, murmelte er. »So, das wär's. Ich glaube, du kannst dich bei mir bedanken.«

»Ich will erst mal in einen Spiegel gucken«, sagte ich, aber Albert war schon die Treppe hochgestürmt. Mir schwante Übles.

»Dreh dich mal, ich hab den Eindruck, die Haare sind links kürzer als rechts«, meinte Anne. »Sogar ziemlich viel kürzer! Ich glaube, da muss ich nachschneiden.«

Ich wollte protestieren, aber Anne meinte, schließlich habe sie die Sache mit der Haarfarbe verbockt, da sei sie mir zumindest einen ordentlichen Haarschnitt schuldig.

Als Anne mir endlich einen Spiegel gab, lagen die langen Haare, aus denen ich mir so gern eine wallende Lockenmähne gemacht hätte, auf dem Fußboden. Auf dem Kopf hatte ich noch einige Reste ziemlich ungleicher Länge.

»Das sieht absolut bescheuert aus«, sagte ich und Anne nickte betreten.

»Stimmt!«, sagte sie. »Vielleicht fragen wir mal Carolin. Was meinst du?«

Carolin schnitt zwar kein bisschen besser als Anne, aber sie hatte schließlich die zündende Idee. »Wir kriegen die nie auf eine Länge«, stöhnte sie. »Also müssen wir das Beste daraus machen und sie ganz kurz und mit Absicht ungleich schneiden, dann sieht es wieder gut aus.«

»Du meinst so einen Raspelschnitt wie bei Anne?«, sagte ich fassungslos. »Eigentlich wollte ich 'ne Lockenmähne und keinen Herrenhaarschnitt!«

Aber ich sah ein, es ging mittlerweile nicht mehr darum, was ich wollte oder nicht. Meine Frisur hatte sich verselbstständigt.

Anne und Carolin schnitten gemeinsam. »Dann wird es nicht so einheitlich«, hatte Carolin erklärt.

Mein Bruder saß auf der Fensterbank und ließ seine Kommentare ab.

Irgendwo im Haus klingelte das Telefon, aber Albert schien das nicht zu kümmern. Ich bat deshalb Anne das Telefon zu suchen. Dann ging ich ins Bad.

Unschlüssig betrachtete ich mich im Spiegel, streckte mir erst die Zunge raus und lächelte dann meinem Spiegelbild zu.

»Und? War's für mich?«, fragte ich Anne, als sie ins Badezimmer kam.

Sie sah mich bloß an.

»Ist was? Du hast so einen merkwürdigen Blick!«

Sie setzte sich auf den Badewannenrand. »Man

spricht doch von Liebe auf den ersten Blick«, sagte sie langsam.

Ich nickte. »So ist es mir mit Tiffo gegangen«, sagte ich. »Du hast dich doch nicht schon wieder verliebt, oder?«

Sie blickte zu mir hoch und lächelte schwach. »Ich weiß nicht. Er heißt Max und ist von deinem Fußballverein. Ich hab mich 'ne Viertelstunde mit ihm unterhalten und er hat so eine wahnsinnige Stimme.«

Ich setzte mich neben sie. »Das ist nicht dein Ernst«, sagte ich. »Du kannst dich doch nicht in eine Stimme verlieben! Max sieht nicht besonders gut aus, er hat Übergewicht und ich fürchte, er interessiert sich nicht für Mode, sondern nur für Fußball.«

Anne schniefte leicht. »Ich kann's nicht ändern. Es ist eben so. Ich hab ganz weiche Knie seit dem Telefonat.« Sie warf einen kurzen Blick in den Spiegel. »Ich sehe grauenhaft aus«, murmelte sie. »Bis heute Abend um sechs muss sich das ändern. Ich gehe nämlich mit zum Leistungstest.«

Anne hatte mit Max vereinbart, dass sie auch am Test teilnehmen würde. »Das ist doch ideal für dich«, sagte sie, während wir im Bad standen und uns schminkten. »Ich renne so langsam, dass du immer noch wesentlich besser bist. Dann kommst du in die Mannschaft von Tiffo und ich in die von Max.«

»Max hat auch eine Mannschaft?«

Sie nickte. »Er baut die Anfängermannschaft

auf. Ich komm einmal im Monat und dann werden wir weitersehen.«

Ich fragte lieber nicht, was mit der Sache mit Stefan war. Oder mit Jonas.

Kurz nach halb fünf verließen wir das Haus.

»Damit wir schön gemütlich zum Fußballplatz laufen können«, hatte Anne erklärt. »Oder willst du schon total außer Puste dort ankommen? Außerdem müssen wir noch einen kleinen Umweg machen. Zum Bahnhofskiosk nämlich!«

Ich blieb stehen. »Warum denn das? Ich sehe Tiffo doch auf dem Fußballplatz.«

»Du musst ja nicht mitkommen«, unterbrach meine Freundin mich. »Ich hab Max von einer Zeitschrift erzählt, die er nicht kennt, und deshalb will ich sie ihm mitbringen. Du kannst ja hier an der Bushaltestelle warten. Außerdem ist Tiffo wahrscheinlich schon auf dem Fußballplatz.«

Ich zupfte an meinen streichholzkurzen Haaren herum, als Anne wieder angerannt kam.

»Hey, du wolltest dich doch schonen!«, rief ich, aber als ich ihr Gesicht sah, sagte ich nichts mehr.

Anne lehnte sich an die Wand des Bushäuschens. »Ich werd wahnsinnig, ehrlich, ich werd wahnsinnig«, murmelte sie. »Du weißt, ich habe ein grauenhaft schlechtes Personengedächtnis und außerdem bin ich kurzsichtig, aber Jonas hat immer gesagt …«

»Anne, was ist denn los?«

Sie sah mich an. »Tiffo ist Stefan.«

- 6 -

Wir saßen in dem Park, den mein Vater entworfen hatte, und starrten vor uns hin.

»Das ist blöd gelaufen«, meinte Anne schließlich. »Ich hatte ja keine Ahnung.« Sie kickte ein paar Steinchen den Weg entlang und erschreckte damit einen kleinen braunen Vogel.

»Blöd gelaufen«, wiederholte ich. »Du hast vielleicht Nerven. Wenn ich geahnt hätte, dass Tiffo Stefan ist, dann …«

»Was wäre dann gewesen? Hättest du dich dann plötzlich entliebt, oder was?«

»Entliebt? Du spinnst ja!« Ich musste lachen. »Man kann sich nicht einfach entlieben, oder wie du das nennst. Nein, wahrscheinlich hätte das überhaupt nichts an meinen Gefühlen geändert.«

»Na also!« Meine Freundin wirkte plötzlich ziemlich zufrieden. »Dann ist ja alles in Ordnung, oder? Stefan ist bestimmt nicht in mich verliebt. Und ich auch nicht in ihn. Die Verabredung ging ganz allein von mir aus. Ich glaube, er hat sich einfach nur nicht getraut, was dagegen zu sagen. Weißt du, ich wollte bloß Jonas damit ärgern. Ich hab gehofft, dass …« Sie starrte auf ihr Handy.

»Du rufst ihn jetzt aber nicht an«, sagte ich schnell. »Oder willst du mit ihm telefonieren und ihm von Max erzählen? Das ist doch total unglaubwürdig.«

Sie nickte. Dann stand sie auf. »Ich geh jetzt zum Kiosk, kauf 'ne schöne Ansichtskarte und schreib Jonas was Nettes. Und du wartest bitte hier, bis ich alles geregelt habe, ja?«

Wie sie alles regeln wollte, hatte mir meine Freundin nicht verraten. Aber ich war optimistisch; irgendwie hatte ich das sichere Gefühl, dass alles gut ausgehen würde.

Aber je länger ich auf Anne wartete, desto unsicherer wurde ich. Nach zwanzig Minuten war ich mir sicher, dass Stefan uns beide – Anne und mich – bescheuert finden würde.

Die Warterei machte mich total verrückt. Ich überlegte gerade, ob ich zum Kiosk gehen sollte, da entdeckte ich meine Freundin. Sie balancierte ein Paket mit Hamburgern, zwei Tafeln Schokolade und Mineralwasser vor sich her.

»Und? Was ist?«, rief ich ihr entgegen. »Warum hast du eingekauft? Wir können doch vor dem Leistungstest nicht noch jede Menge futtern!«

»Du wirst jetzt jede Menge Schokolade brauchen«, nuschelte Anne mit vollem Mund. »Rate mal, was ich eben erfahren habe!«

Stefan, so berichtete sie, nachdem sie zwei Hamburger gegessen hatte, war nicht mehr am Kiosk. Stattdessen hatte Anne dort seine Großmutter getroffen.

»Ich musste mich durch die ganze Familiengeschichte durcharbeiten«, stöhnte sie. »Sie ist die Großmutter mütterlicherseits und ihr gehört der Kiosk. Stefan hilft ihr immer in den Ferien. Tiffo ist übrigens sein Spitzname.«

Ich nickte.

Anne steckte sich zwei Stück Schokolade in den Mund. »Ich wollte eigentlich nur seine Handynummer wissen. Dann hätte man ihn auf den Schock vorbereiten können, wenn er uns nachher auf dem Fußballplatz zusammen sieht. Aber natürlich wusste seine Großmutter die Nummer nicht. Sie wusste nicht mal, ob er überhaupt ein Handy hat.« Sie schob mir die Schokolade rüber. »Hier, für dich.«

»Nicht vor dem Test. Ich laufe sonst wie eine lahme Ente.«

»Na gut!« Anne nickte. »Ich hab noch mehr erfahren. Du weißt es ja eigentlich auch schon.« Sie zögerte einen Moment. »Ich weiß gar nicht, ob ich es dir überhaupt erzählen soll …«

»Sag schon!« Mir war plötzlich ganz elend.

»Stefan ist nicht auf dem Fußballplatz. Er ist wieder mit Nelli spazieren gegangen.«

»Ach so«, murmelte ich bloß. Mehr konnte ich nicht sagen.

»Seine Oma wollte mir sogar ein Foto von Nelli zeigen. Ich fürchte, die Sache ist ziemlich ernst. Sie sagt, er sei total vernarrt in Nelli. Das sei seine große Liebe. Und sie findet Nelli auch süß.«

Es tat weh. Natürlich hatte ich damit rechnen müssen. Garantiert fanden viele Mädchen ihn unheimlich süß, aber jetzt die Bestätigung zu kriegen, das tat weh. Am Abend vorher hatte ich mir noch gesagt, dass die Sache mit Nelli wahrscheinlich total harmlos war, vielleicht war sie seine Cousine oder eine Klassenkameradin … Aber jetzt?

Ich muss ihn so schnell wie möglich vergessen, dachte ich, einfach nicht mehr an ihn denken, aber ich wusste im gleichen Moment, dass mir das nicht gelingen würde.

»Tja«, sagte Anne nach einer langen Weile. »Ich finde das alles verdammt kompliziert!« Sie tippte auf ihre Armbanduhr. »Wir können jetzt nach Hause gehen oder zum Fußballplatz. Entscheide du.«

Ich versuchte zu lächeln. »Ich finde, du solltest dir Max mal angucken.«

»Und was ist mit Stefan?«

»Stefan hat Nelli. Deshalb kann ich doch trotzdem in den Fußballverein gehen, oder?«

Anne sah mich bewundernd an. »Toll, wie du damit umgehst. Als die Sache mit Jonas und Sarah losging, da hab ich gewütet und –«

»Komm«, unterbrach ich sie. »Es ist zehn vor sechs. Ich will nicht zu spät kommen.«

Fünf Mädchen rannten bereits über den Fußballplatz, als wir ziemlich außer Atem kurz nach sechs ankamen. Ein paar Jungs standen am Spielfeldrand und feuerten sie an. Von Stefan war nichts zu sehen.

»Und wer ist Max?«, fragte Anne. Sie deutete auf einen der Jungs. »Hoffentlich nicht der mit der roten Kappe!«

Ich schüttelte den Kopf.

Max hatte mich erkannt und kam auf uns zu. Aber er hatte nur Augen für Anne. »Hallo, ich bin Max«, sagte er.

»Hallo«, lachte Anne. »Sandra und ich sind unheimlich wild auf euren Fitnesstest. Wo ist denn eigentlich Stefan?«

»Ich weiß nicht. Wahrscheinlich ist er noch mit Nelli unterwegs. Macht aber nichts. Ich regle das hier auch allein.« Er deutete auf das Spielfeld. »Der Test ist ganz einfach. Ihr lauft immer am Rand entlang. Abkürzungen gelten nicht; da passen die Jungs am Spielfeld höllisch auf. Die beiden, die am längsten durchhalten, kommen in die Pokalmannschaft, die anderen zu den Anfängern. Kapiert?«

»Klar«, sagte ich. »Das ist ja nicht sonderlich schwierig. Und was ist mit dem Theorieteil? Abseitsfalle und so?«

Er sah mich verständnislos an. »Das ist doch nicht wichtig. Wir wollen nur, dass ihr eine super Kondition habt und nicht gleich nach zehn Minuten auf dem Spielfeld schlappmacht. Das Toreschießen und so bringen wir euch schon noch bei.« Er klatschte in die Hände. »Die anderen haben sich warm gelaufen. Es geht los.«

Anne zwinkerte mir zu. »Er ist süß, findest du nicht auch?«

Die ersten beiden Runden waren kinderleicht. Der Wind hatte aufgefrischt und vertrieb die Schwüle des Tages. Anne trabte neben mir her und ab und zu redeten wir kurz miteinander.

In der dritten Runde schied das erste Mädchen, eine kleine Schwarzhaarige, aus.

»Ich glaube, ich beende meine Vorstellung auch so langsam«, keuchte Anne in der vierten Runde. »Stell dir vor, die anderen hören jetzt auch auf. Dann komme ich ja mit dir in die Pokalmannschaft – ohne Max.«

Ich nickte. Reden konnte ich nicht mehr. Ich konzentrierte mich nur noch auf die nächsten Schritte. Aus den Augenwinkeln konnte ich Anne vom Spielfeld laufen sehen, direkt auf Max zu, der sie besorgt in den Arm nahm. Einen Moment lang fühlte ich so was wie Neid. Warum wartete nicht Stefan auf mich?

Ich war aus dem Rhythmus geraten. Die Mädchen neben mir schienen so wunderbar gleichmäßig und mühelos zu laufen und ich stolperte hinterher. Wie sollte ich da je in die Pokalmannschaft kommen?

Ich schaffe es, ich schaffe es, sagte ich mir immer wieder und dann merkte ich, dass meine Beine ihren Rhythmus gefunden hatten und das Laufen plötzlich viel leichter wurde.

»Susanne Walter und ihre Schwester haben gemogelt. Wie immer«, brüllte einer der Jungs aufs Spielfeld. »Runter vom Platz.«

Die beiden Mädchen drehten sich um, eine tippte sich an die Stirn und wollte weiterlaufen, aber Max hob eine rote Fahne und schrie »disqualifiziert«. Endlich blieben die beiden stehen.

Wir waren nur noch zu dritt.

Ich würde regelmäßig zum Training gehen, Stefan würde mich näher kennen lernen, vielleicht würde er sich in mich verlieben … die Sache mit Nelli musste ja nicht für die Ewigkeit sein.

Die große Dunkelhaarige vor mir verlangsamte ihr Tempo. Einen Moment lang schien es, als wolle sie aufgeben, aber dann fing sie sich wieder und rannte weiter. Das Mädchen neben ihr drehte unbeirrt seine Runden. Sie wirkte, als könne sie noch stundenlang laufen.

Wozu hatte ich mich eigentlich geschminkt? Mir lief der Schweiß in Strömen über das Gesicht, sammelte sich am Hals, lief in kleinen Bächen in mein T-Shirt, meine Beine waren schwer, meine Zunge klebte am Gaumen – aber ich gab nicht auf.

»Sandra, Sandra!«, hörte ich Anne am Spielfeld rufen. Sie klatschte rhythmisch dazu und rannte sogar ein kleines Stück mit.

Ich hatte es aufgegeben, die Runden zu zählen.

Die Dunkelhaarige wurde langsamer und langsamer. Irgendwann blieb sie stehen und ließ sich einfach ins Gras fallen.

Das andere Mädchen und ich blieben stehen. »Geschafft!«, stießen wir hervor. »Wir sind in der Pokalmannschaft!«

»Tja«, sagte Max, als ich vom Duschen kam. »Ich kann mich nur beglückwünschen, dass ich eine so laufstarke Spielerin wie dich in die Pokalmannschaft bekomme. Du und Miriam, ihr seid insgesamt neun Runden gelaufen, das ist rekordverdächtig.« Er streckte mir die Hand entgegen. »Ich freue mich wahnsinnig darauf, euch zu trainieren.«

Ich starrte ihn an. Hatte ich mich verhört?

»Stefan trainiert doch die Pokalmannschaft«, sagte Anne. »Oder etwa nicht?«

Max lächelte Anne an. »Eigentlich schon. Aber jetzt, wo er sich um Nelli kümmert und deshalb kaum Zeit hat, hat er vorgeschlagen, dass ich das mache, und so bin ich zur Pokalmannschaft gekommen. Stefan übernimmt die Anfänger, da hat er nicht so viel zu tun.«

»Stefan übernimmt die Anfänger«, sagten Anne und ich wie aus einem Mund.

Max sah uns irritiert an. »Er ist ein super Trainer, da gibt es nichts. Irgendwann macht er aus den Anfängern auch noch Pokalgewinner, ehrlich!«

»Und ich bin neun Runden gerannt«, sagte ich fassungslos.

Schweigend liefen wir vom Bolzplatz.

»Wir konnten das ja nicht ahnen«, sagte Anne schließlich. Ich lachte bloß. »Und so übel ist Max als Trainer bestimmt auch nicht!«

Ich blieb stehen. »Anne, ich will nicht Fußball spielen und ich will keinen Pokal gewinnen – ich will Stefan!«

Anne nickte.

Wir trotteten Richtung Fußgängerzone.

»Vielleicht sollte ich mir was Neues zum Anziehen kaufen«, meinte meine Freundin nach einer Weile. »Nach dem Frust von vorhin hab ich das verdient.«

Aber alle Geschäfte hatten bereits geschlossen, also gingen wir nach Hause.

»Ich glaube, es klappt jetzt!«, hörte ich meinen Vater rufen, als wir zur Haustür reinkamen. »Spult bitte zurück. Ich will mir das gleich noch mal ansehen.«

Meine Eltern und Albert standen in der Küche und starrten auf den Monitor.

»Es klappt wirklich«, sagte Albert stolz. Er wandte sich an Anne und mich. »Wollt ihr mal sehen, was ihr gerade für dumme Gesichter gemacht habt vor der Haustür?«

Ich streckte Albert unauffällig die Zunge raus.

»Na, na«, schimpfte meine Mutter. »Könnt ihr euch nicht mal vertragen? Ihr müsst euch das wirklich mal ansehen! Albert hat es geschafft, dass die Überwachungskamera jeden aufnimmt, der an der Tür steht. Das wird gespeichert und wir können uns dann anschauen, wer alles da war.«

»Großartig«, murmelte ich. »Das bringt mich garantiert unheimlich weiter. Gibt's noch irgendwas zu essen?«

Albert hatte das Band ein Stück zurückgespult. »Vor einer halben Stunde war das Bild noch ziemlich unscharf«, erklärte er. »Seht mal hier. Man kann nur undeutlich erkennen, wer ...«

»Nein!«, rief ich laut.

Anne lachte nervös auf. »Halt mal das Band an, Albert.«

Mein Bruder schüttelte den Kopf. »Die Aufnahmen taugen nichts. Wartet mal ab, bis die Bilder von euch kommen. Gestochen scharf und –«

»Halt sofort das Band an!«, schrie ich.

Mama verdrehte die Augen. »Was herrscht hier

eigentlich für ein Umgangston?«, beschwerte sie sich. »Könnt ihr nicht mal ein bisschen freundlicher miteinander umgehen? Übrigens sind noch Spaghetti da. Du wolltest doch was essen, Sandra, oder?«

Aber Essen interessierte mich im Moment am allerwenigsten. Ich starrte auf den Monitor. Es war Stefan, ganz eindeutig Stefan. Er stand vor der Tür und schien zu klingeln. Er musste mindestens eine halbe Minute gewartet haben, dann hatte er sich umgewandt und war wieder gegangen. 19 Uhr 34 zeigte die Zeitanzeige unten am Bildrand.

»Ich glaub, die Klimaanlage spinnt schon wieder«, meinte Anne.

Wir saßen auf meinem Bett und sortierten Fotos, die ich in einem der Umzugskartons gefunden hatte.

»Die Klimaanlage spinnt immer«, verbesserte ich sie. »Wir können ja wieder versuchen, das Fenster aufzumachen. Vielleicht wird es dann einigermaßen erträglich.«

Aber draußen schien die Luft nur wenig kühler zu sein. Wir standen am Fenster und starrten in die dunkelblaue Nacht. Irgendwo spielte jemand leise Klavier. Vielleicht war es aber auch nur eine CD. Die Kirchturmuhr schlug einmal.

Wir grinsten uns an.

»Ich finde, wir können stolz sein auf uns«, sagte ich. »Wir haben uns vorgenommen, drei Stunden lang nicht von Stefan, Max oder Jonas zu reden und wir haben das durchgehalten. Wer fängt an?«

»Letztes Schuljahr waren wir zelten«, sagte Anne. »Und Jonas hat uns geholfen, als unser Zelt bei dem Sturm fast davongeflogen ist. Damals ging es uns richtig gut. Wir haben nicht geahnt, was noch alles passieren würde, bis –«

»Komm, wir übernachten draußen«, unterbrach ich sie. »Wir suchen uns einen Platz im Garten.«

Mit zwei Luftmatratzen und dem Bettzeug schlichen wir aus dem Haus. Einen Moment lang befürchtete ich, die Alarmanlage würde losheulen, als wir uns durch den dunklen Garten tasteten, aber alles blieb ruhig. Nur aus der Ferne hörte man immer noch die Musik.

»Toll ist es hier«, meinte meine Freundin, als wir direkt an der Grenze zum Nachbargarten einen Platz unter einem Pflaumenbaum gefunden hatten. »Bloß schade, dass die Pflaumen noch nicht reif sind.«

Aber dann entdeckten wir das Erdbeerbeet auf dem Nachbargrundstück. Wir mussten nur die Hand ausstrecken, um die Erdbeeren zu pflücken. Ich hatte noch nie so wahnsinnig süße Beeren gegessen wie in dieser Nacht. Ich konnte einfach nicht genug kriegen.

»Es ist hier wie im Schlaraffenland«, sagte ich schließlich.

Anne lachte mit vollem Mund. »Man müsste nur noch drei Wünsche frei haben.«

»Im Schlaraffenland geht es eigentlich nur ums Essen«, sagte ich. »Aber so schlecht ist die Idee mit den Wünschen auch nicht. Ich wünsche mir …« Ich setzte mich auf meiner Luftmatratze auf und machte ein feierliches Gesicht. Mir war auch wirklich so zu Mute, vielleicht auch, weil Anne so ernst guckte und die Musik von vorhin immer noch in der Luft zu schweben schien. »Ich wünsche mir Stefan!«

Anne schniefte. »Und ich wünsche mir Jonas! Oder vielleicht doch besser Max!«

»Und dann wünschen wir uns noch viele gute Ideen, wie wir die beiden kriegen«, lachte ich. »Kannst du mir erklären, warum Stefan um halb acht bei mir geklingelt hat?«

»Weil er dich besuchen wollte.«

»Vielleicht. Jedenfalls muss ich es rauskriegen. Ich werde morgen zum Kiosk gehen und endlich mal ganz vernünftig mit ihm reden. Und die Sache mit Nelli ...«

Anne richtete sich auf. »Mensch, das hätte ich fast vergessen! Während du wie eine Verrückte gerannt bist, hab ich mich ein bisschen umgesehen und in dem Fußballheft ein Bild entdeckt von Stefan und Cornelia.«

»Aber ...«

»Nelli ist natürlich die Abkürzung von Cornelia«, erklärte meine Freundin. »Du kennst doch Nelli aus der Parallelklasse. Sie heißt auch Cornelia.«

»Du hast also ein Foto gesehen. Und?«

»Viel konnte man nicht erkennen. Das Bild war ziemlich verwackelt«, sagte meine Freundin zögernd. »Na ja, blond, lange Haare, arbeitet im Sommer im Freibad.« Sie deutete auf meine Haare. »Ich glaube, mit Rot liegen wir total daneben.«

Ich nickte. »Du meinst, ich sollte bis morgen blond werden?«

»Da musst du jetzt durch«, sagte Anne. »Ich leih dir auch das schwarze Top mit den Perlen, das sieht dann unheimlich gut aus. Vielleicht sollten wir uns Cornelia mal genauer anschauen. Wir könnten morgen ins Freibad gehen.«

Ich hatte im ersten Moment wenig Lust, mir Stefans Freundin anzusehen, aber Anne meinte, es täte unheimlich gut, wenn man feststellte, dass die andere auch nicht perfekt sei. Sarah zum Beispiel habe ganz dünnes Haar ...

Ich hörte sie noch eine Weile lang leise von Jonas erzählen. Dann schlief ich ein.

Papa guckte etwas irritiert, als ich gegen halb acht Uhr am nächsten Morgen in die Küche kam, aber das lag vielleicht auch an der frühen Uhrzeit. »Du hast doch Ferien«, meinte er. »Da hab ich in deinem Alter immer ausgeschlafen.«

»Apropos schlafen«, meinte Mama und rührte konzentriert in ihrem Kaffeebecher. »Ich wollte heute Nacht mal sehen, wie die Temperatur bei dir im Zimmer ist. Aber ...«, sie schob den Kaffee ein Stück beiseite und musterte mich aufmerksam, »von dir und Anne war leider nichts zu sehen. Und das um Viertel vor vier!«

»Viertel vor vier!«, echote Papa und nickte. »Und dann noch diese komischen rot gefärbten Haare! Wo du doch so schönes langes Haar hattest! Wir waren drauf und dran, die Polizei zu holen!«

Ich schluckte. Eigentlich hatte ich erklären wollen, dass wir draußen geschlafen hatten, aber ich hatte plötzlich keine Lust mehr dazu. Sollten meine Eltern doch denken, was sie wollten!

Ich holte mir Milch aus dem Kühlschrank, goss sie in ein großes Glas und leerte sie in einem Zug.

Mama schüttelte den Kopf. »Die kalte Milch«, murmelte sie. »Ich hab dir schon so oft gesagt, du sollst sie warm machen.« Papa wollte etwas sagen, aber sie schüttelte kaum merklich den Kopf. Dann stellte sie sich neben mich. »Sandra, ich weiß, es ist ziemlich schwer für dich. Das ist es für uns alle. Aber so ein Neubeginn bietet auch Chancen. Weißt du was, am Wochenende habe ich jede Menge Zeit. Dann könnten wir mal in Ruhe miteinander reden, ja?«

Ich nickte nur.

»Ach ja, und noch was«, fuhr Mama fort, »mir ist ein ganz toller Friseur empfohlen worden. Wenn du willst, kann ich da sofort einen Termin für dich ausmachen.«

»Nein, danke«, sagte ich. »Ich färbe sie mir sowieso blond.«

Mama starrte mich an. »Blond? Aber –«

»Rot gefällt euch ja nicht«, sagte ich und stellte das Glas in die Spüle. »Und außerdem habe ich heute keine Zeit, ich gehe nämlich mit Anne ins Schwimmbad!«

Ich lief nach oben in mein Zimmer, um die Schwimmsachen zusammenzupacken. Auf der Treppe blieb ich stehen. Mama und Papa unterhielten sich lautstark miteinander.

»Irgendjemand muss hier mal Klartext reden!«, hörte ich meinen Vater sagen. »Diese Frisur –«

Aber ich sollte nicht mehr erfahren, was er zu meiner Frisur sagen wollte, denn in diesem Moment klingelte es an der Haustür.

»Sandra, geh doch mal aufmachen!«, rief Mama aus der Küche. »Ich kann im Moment nicht.«

»Ich kann auch nicht!«, schrie ich von oben hinunter. Ich hörte, wie sie die Tür öffnete und irgendetwas zu Papa sagte. Ich verstand nur »Fußballverein«.

Stefan! Bestimmt war Stefan unten an der Tür!

Ich rannte die Treppe hinunter. Stefan, wollte ich sagen, lass uns über alles reden.

Ein pickeliger Zwölfjähriger starrte mich erschrocken an. In der Hand hielt er die gleiche Fußballzeitung, die Stefan vor kurzem ausgetragen hatte.

»Was ist denn mir dir los?« Papa schüttelte den Kopf. »Pass bitte auf der Treppe auf. Einen Beinbruch können wir uns nicht auch noch leisten.«

»Ich ... ich wollte ...«, stotterte ich. Dann trat ich den Rückzug an.

Vor meiner Zimmertür blieb ich stehen. Mein Herz klopfte immer noch wie wild.

Das Freibad war, wie das in den Sommerferien immer so ist, total überfüllt.

»Und wie willst du sie hier finden?«, murmelte Anne, als wir an der Kasse standen.

»Vielleicht fragen wir mal an der Kasse nach«, schlug ich vor.

Klar kenne sie Cornelia, sagte die Frau, als wir unsere Eintrittskarten gekauft hatten. Cornelia mache Watergym, um halb elf, im Becken drei. Ausnahmsweise könnten wir auch ohne Voranmeldung teilnehmen. Der erste Termin sei gratis.

»Dann machen wir eben mal Watergym«, kicherte ich.

Meine Freundin schien nicht sehr begeistert von dieser Vorstellung zu sein. Sie wollte lieber im Gras liegen, Musik hören und ab und zu eine Runde schwimmen. Ich versprach ihr, das alles würden wir anschließend machen, aber zuerst sollte sie zur Wassergymnastik mitkommen.

Pünktlich um halb elf standen wir beiden mit mindestens zehn älteren Damen – zum Teil trugen sie mit Blumen bedruckte Bademützen! – am Rand des Beckens drei und warteten auf Nelli.

Lieber Gott, bitte lass Nelli nicht so wahnsinnig hübsch sein!, betete ich.

Nelli verteilte Schwimmreifen und ich hatte Zeit, sie ausgiebig zu mustern. Klein, mit etwas Übergewicht, blonde Locken, unscheinbar!

Ich atmete erleichtert aus, aber Anne stieß mich an und meinte, vielleicht stehe Stefan ja auf klein und pummelig. Manche Jungs würden an Geschmacksverirrung leiden, wie zum Beispiel Jonas, wenn er sich tatsächlich in Sarah verliebt haben sollte.

»Ihr seid neu dabei?«, fragte Nelli und hielt uns zwei Reifen entgegen.

»Ja, wir wollten uns das mal angucken«, stotterte ich.

Nelli sah wirklich durchschnittlich aus, aber sie schien nett zu sein und vielleicht war es das, was Stefan gefiel. Bestimmt sang sie nicht in irgendwelchen Unterführungen russische Lieder.

»Los, komm jetzt!«, zischte Anne. »Die ganze Mannschaft ist im Wasser. Wir fallen hier langsam auf.«

Wassergymnastik mit älteren Damen hatte ich mir recht einfach vorgestellt, aber Nelli verlangte ziemlich viel. Und die Frauen um mich herum waren fit.

Anne gab als Erste auf. »Ich war in Sport schon immer 'ne Niete«, sagte sie, als sie aus dem Becken kletterte.

Ich hielt durch, die ganze Dreiviertelstunde lang! Dann ließ ich mich ins Gras am Beckenrand fallen. Eigentlich ging es mir prima!

»Also, Nelli ist keine Konkurrenz für dich«, stellte Anne fest. »Wenn Stefan auch nur so was Ähnliches wie Augen im Kopf hat, dann muss er merken, dass du viel besser aussiehst als sie. Aber ich finde trotzdem, dass du dir die Haare färben solltest. Und dann gehst du zum Kiosk, ja?«

Ich nickte. Aber zuerst wollte ich den Zustand genießen! Nelli war wirklich keine Konkurrenz!

Bis zum späten Nachmittag lagen wir im Schatten unter den Bäumen und hörten Musik. Ab und zu sprangen wir ins Wasser und lästerten über die Jungs, die sich schräg gegenüber von uns niedergelassen hatten und mit allen Mitteln auf sich aufmerksam zu machen versuchten.

»Soll ich denen sagen, dass sie keine Chance haben?«, kicherte Anne. »Oder wollen wir lieber noch ein Weilchen zugucken, wie die sich abmühen?«

»Wir gehen jetzt nach Hause und färben meine Haare«, sagte ich. »Und dann muss ich zum Kiosk. Und was machst du?«

Meine Freundin kramte in ihrer Badetasche. »Entweder rufe ich Max an oder ich schreibe Jonas eine Karte oder ... «

»Oder?«

»Ich kauf mir ein neues T-Shirt.«

Sie starrte auf ihr Handy. »Stell dir vor, ich hab 'ne SMS von Jonas bekommen! Er schreibt, ob ich inzwischen seine Sonnenbrille gefunden habe. Ich bin mir jetzt sicher, dass das nur ein Vorwand ist. Er traut sich wahrscheinlich nicht zu sagen, dass er Sarah blöd findet und sich wünscht, dass alles wieder okay wird.« Sie grinste mich an. »Ich wette mit dir hundert zu eins, dass er mir heute noch einige SMS schicken wird.«

»Und? Meldest du dich bei ihm?«

Anne lachte bloß. »Ich bin doch nicht verrückt. Nee, er soll ruhig 'ne Weile warten. Ich hab ganz schön lange gelitten wegen dieser blöden Sarah. Jetzt soll er sich mal wundern, warum ich mich nicht mehr melde. So muss man das machen, Sandra, ehrlich, glaub mir.«

Ich zuckte die Schultern. »Also, wenn Stefan mich anrufen würde, ich glaube, ich würde sofort –«

Anne schüttelte den Kopf. »Das wäre der letzte Blödsinn. Meine Mutter sagt immer, man muss Männer warten lassen.« Sie packte ihr Handy entschlossen in ihre Tasche. »Leider weiß ich nicht genau, wie lange man sie warten lassen muss. Meinst du, ich sollte Jonas vielleicht doch 'ne SMS schicken, dass ich seine SMS gekriegt habe? Nicht, dass er sich Sorgen macht, weil ich nicht antworte.«

Albert saß auf der Treppe vor dem Haus, hatte einen riesigen Stapel Bücher neben sich liegen, einige davon aufgeschlagen, und nahm keine Notiz von uns, als wir kamen.

Wir blieben vor ihm stehen, bis er aufblickte.

»Könnt ihr mich nicht mal in Ruhe lesen lassen?«, murmelte er bloß.

Ich lachte. »Wir müssen entweder Stromausfall haben oder dein Computer hat den Geist aufgegeben.«

Anne hatte eines der Bücher aufgehoben. »*Philosophie für* …«

Mein Bruder riss ihr das Buch aus der Hand. »Lass das, das kapierst du sowieso nicht.«

»… *Verliebte*«, beendete Anne den Satz kichernd. »Albert, ist irgendwas mit dir los?«

»Klar«, sagte ich. »Albert ist hochgradig verliebt. Wahrscheinlich will er Carolin damit imponieren. Für Philosophie hat er sich bisher nämlich noch nicht interessiert.«

Albert war aufgestanden und packte die Bücher in seinen Fahrradkorb. »Ihr seid einfach unmöglich!«, rief er uns vom Gartentor aus zu. »Ich kann mir nicht vorstellen, dass sich irgendjemand irgendwann in euch verlieben könnte.«

Anne und ich kicherten.

»Wenn Albert wüsste …«, murmelte Anne. »Komm, wir bleiben draußen in der Sonne. Hier ist es viel schöner als drinnen. Ich kann dir die Haare auch im Garten färben. Lass uns überlegen, was wir heute Abend machen!«

Mein Bruder war schon auf der Straße, als er sich nochmals zu uns umwandte. »Das mit dem Verlieben habe ich übrigens genau so auch zu Jonas gesagt, als er angerufen hat.«

Er winkte uns zu und radelte davon.

»Jonas?« Anne war aufgesprungen. »Hat er gerade Jonas gesagt?«

Aber es war zu spät. Albert war – feixend, wie ich mir einbildete – um die Ecke gebogen und ich stand mit einer total hysterischen Anne auf der Treppe.

»Woher kennt Albert überhaupt Jonas? Und warum ruft der hier an? Ich hab doch meiner Mutter gesagt, dass sie ihm nicht verraten soll, wo ich bin. Und vielleicht hat Albert ihm auch noch was von Stefan erzählt. Oder von Max. Mensch, Sandra, was machen wir jetzt bloß?«

Meine Freundin war völlig aufgelöst.

»Ich glaube«, sagte ich langsam, »wir müssen das Problem irgendwie anders angehen.«

Im Kühlschrank fanden wir eine riesige Schüssel mit roter Grütze, bestimmt zehn Portionen! Meine Mutter musste ein ziemlich schlechtes Gewissen haben. Ich häufte Anne und mir jede Menge davon in zwei Suppenteller, holte einen Bogen Papier und Stifte aus meinem Zimmer und setzte mich zu Anne an den Esstisch. Sie malte mit dem Löffelstiel Kringel in die Grütze und murmelte, sie habe Albert immer schon für bescheuert gehalten.

»Jetzt sei nicht unfair«, verteidigte ich ihn. Prinzipiell hatte sie natürlich Recht, aber immerhin war er mein Bruder und manchmal auch ganz nützlich.

Sie blickte auf. »Ist doch wahr! Was meinst du, was er Jonas alles erzählt hat? Und ich Idiot hab ihm noch gesagt, wie nett ich Stefan finde. Verdammt, es läuft aber auch alles schief.«

»Ich denke, du willst, dass Jonas eifersüchtig wird.«

»Ja, aber nicht so«, sagte sie aufgebracht. »Ich hätte überhaupt nicht herkommen sollen! Bloß weil du Probleme mit Stefan hast, hab ich mich breitschlagen lassen.«

Ich merkte, wie auch ich wütend wurde. »So war das aber nicht, Anne«, verbesserte ich sie. »Du hast Probleme mit Jonas gehabt und wolltest deshalb kommen. Und die Sache mit Stefan hat damit erst mal gar nichts zu tun.«

Ich war fast ein bisschen erleichtert, als es in diesem Moment an der Tür klingelte. Eigentlich hatte ich gar keine Lust, mich mit Anne zu streiten, aber irgendwie ließ sich das wohl nicht vermeiden, so aggressiv, wie sie im Moment war.

Ich rannte zur Tür und öffnete. Vielleicht stand ja Stefan davor! Aber es war bloß Carolin.

»Hallo«, sagte sie.

»Hallo.« Meine Stimme klang nicht sehr freundlich, aber Carolin schien das nicht abzuschrecken.

»Ich weiß, Albert ist nicht da, aber ich würde

trotzdem gern reinkommen«, sagte sie. »Du hast doch nichts dagegen, oder?«

Am liebsten hätte ich »doch« gesagt, aber ich traute mich nicht. Stattdessen schüttelte ich bloß den Kopf und meinte, sie könne ja oben in Alberts Zimmer warten.

An der Treppe zögerte sie. »Eigentlich wollte ich mich mal mit dir unterhalten«, sagte sie langsam. »Natürlich nur, wenn du willst. Ist deine Freundin noch da?«

»Wir sind in der Küche«, sagte ich. Vielleicht war es gar nicht so schlecht, wenn Carolin dabei war. Anne würde sich dann mehr zusammenreißen.

Meine Freundin saß immer noch mit versteinerter Miene am Tisch. Sie blickte kaum auf, als Carolin und ich in die Küche kamen. Minutenlang sagte keine von uns was. Dann knurrte Carolins Magen.

»Entschuldige«, sagte ich. »Aber wir haben hier ein paar Probleme und da hab ich ganz vergessen zu fragen, ob du auch was essen willst. Magst du einen Teller frische rote Grütze mit Vanillesoße?«

Carolin nickte und meinte, sie fände es ganz witzig, dass wir auch Probleme hätten. Ihr gehe es im Moment genauso und das sei doch unheimlich schade bei diesem tollen Wetter.

»Das hat nichts mit dem Wetter zu tun«, unterbrach Anne sie. »Jungs sind bei jedem Wetter bescheuert.«

»Also, ich finde, bei schönem Wetter sind sie besser auszuhalten«, sagte Carolin und schüttelte sich. »Albert und Novemberregenwetter ist dagegen ein echter Horror.«

Vielleicht lag es an diesem Satz, dass wir plötzlich alle drei lachen mussten.

»Novemberregenwetter wäre auch mit Jonas nur schwer auszuhalten. Aber wahrscheinlich bleibt mir das erspart, wenn die Sache mit Sarah weitergeht«, meinte Anne schließlich. »Und dann ist da noch Max. Na ja, womit wir beim Thema wären! Vielleicht hast du 'ne gute Idee, Carolin, was ich machen könnte.«

»Anne hat nämlich Liebeskummer«, fügte ich erklärend hinzu.

Carolin meinte, das habe sie gleich vermutet. Man würde Liebeskummer nicht verbergen können. »Man sieht es den Leuten sozusagen auf hundert Meter an«, erklärte sie. »Mir geht es jedenfalls so.«

»Und? Habe ich Liebeskummer?« Ich sah sie direkt an.

Carolin schwieg einen Moment lang, dann nickte sie heftig. »Ich glaube schon. Irgendwas läuft im Moment nicht so, wie du dir das vorstellst.«

»Toll«, sagte Anne, aber es klang nicht sehr begeistert. »Ich finde es einfach toll, dass du das den Leuten ansiehst. Dann können wir drei ja gemeinsam Trübsal blasen.«

Ich schüttelte den Kopf. »Quatsch! Wir sind zu dritt! Und wir sind nicht dumm! Wir werden das doch wohl gemeinsam schaffen, oder?«

Eine Stunde später hatten wir fast die ganze Grütze aufgegessen, meine Haare gebleicht, helle Farbe aufgetragen und waren schon wesentlich weiter. Anne, so hatten wir uns geeinigt, sollte sich auf keinen Fall bei Jonas melden.

»Der muss erst ein bisschen weich gekocht werden«, meinte Carolin. »Er ist schon auf dem besten Weg. Sonst hätte er wohl nicht bei Albert angerufen.«

Meine Freundin nickte. »Ihr habt Recht. Ich warte noch ein paar Tage – aber übermorgen spätestens ruf ich an. Schon allein wegen der Sonnenbrille. Es kann nämlich wirklich sein, dass sie bei mir zu Hause liegt.«

»Na gut, in ein paar Tagen kann man darüber reden«, sagte Carolin großzügig. Sie sah mich an. »Und wie ist es bei dir?«

Einen Moment lang zögerte ich, Carolin mein Herz auszuschütten.

Sie lächelte mich an. »Ich erzähl es bestimmt niemandem, Ehrenwort. Und ich lach nicht, auch wenn sich manche Sachen verrückt anhören. Das ist eben so, wenn man verliebt ist. Ich kenne das gut.«

Sie lachte tatsächlich kein einziges Mal, als ich ihr die ganze Geschichte erzählte.

Carolin war, ebenso wie Anne, der Meinung, dass ich möglichst bald zum Kiosk gehen und mit Stefan reden sollte.

Kurz nach halb drei radelte ich los, mit blonden Haaren und vielen guten Vorsätzen. Ich würde freundlich sein, ihm alles erklären, über den Fußballverein reden.

Was erwarte ich eigentlich, überlegte ich, als ich

in den Bahnhofsvorplatz einbog. Ich kann doch nicht im Ernst davon ausgehen, dass er mit Nelli Schluss macht, nur weil ich auftauche. Aber genau das war es, worauf ich hoffte.

Stefan war am Kiosk, aber er war nicht allein. Seine Großmutter sortierte Zeitungen ein. Ich überlegte kurz, ob sie in ihrem Alter noch gut hörte oder nicht.

»Hallo«, sagte Stefan. »Schön, dass du mal wieder kommst. Du hast dich verändert.«

»Ja«, sagte ich. Am liebsten hätte ich ihn die ganze Zeit nur angeschaut, aber nach einigen Sekunden fielen mir die Sätze ein, die ich mir zurechtgelegt und die ich fast auswendig gelernt hatte.

Ich erzählte ihm alles: warum ich in der Unterführung gesungen hatte, warum ich mich als Russin ausgegeben hatte und dass ich seit gestern in der Pokalmannschaft war. Wenn die alte Frau nicht dabei gewesen wäre, wäre alles viel einfacher gewesen. Aber so ... Ich getraute mich kaum Stefan anzusehen und irgendwie hatte ich auch das Gefühl, dass er anders war als sonst.

»Da kommt Doktor Altmann«, sagte Stefan und wirkte plötzlich ziemlich hektisch. »Der Vater von Max. Er ist Rechtsanwalt und absolut widerlich.«

»Sind die bestellten Sachen immer noch nicht fertig?« Ein dicklicher Mann mit abgeschabter Aktentasche hatte sich neben mir aufgebaut. »Ich hab keine Zeit.«

»Alles fertig, Herr Doktor Altmann«, murmelte

Stefan und holte zwei belegte Brötchen aus dem Kühlschrank.

»Und die Getränke? Muss man hier immer so lang warten?«

Stefan war ärgerlich, aber er versuchte es sich nicht anmerken zu lassen. »Lass nur, Oma«, sagte er, als die alte Frau sich umdrehte. »Ich mach das schon.« Dann beugte er sich kurz zu mir vor. »Ich bin heute Abend um sieben mit Nelli im Sternenweg«, flüsterte er. »Kommst du auch?«

Carolin und Anne saßen immer noch in der Küche, als ich zurückkam.

»Und? Erfolgreich?«, fragte meine Freundin.

Ich zuckte die Schultern. »Ich weiß nicht, was ich davon halten soll. Stefan hat mich gefragt, ob ich heute Abend in den Sternenweg komme.«

»Na super!«, rief Anne. »Das ist doch grandios. Weißt du was, ich ruf Max an und frag ihn, ob er auch mitkommt. Wir können ja ein bisschen spazieren gehen.«

Carolin lachte. »Im Sternenweg ist eine Disco. Wahrscheinlich hat Stefan die Disco gemeint. Ihr könnt dort natürlich auch spazieren gehen. Der Sternenweg liegt direkt neben irgendeinem Naturschutzgebiet.«

»Er hat gesagt, dass er mit Nelli dort ist.«

Anne und Carolin starrten mich an.

Schließlich meinte Anne, es sei ja äußerst merkwürdig, dass er mich gefragt habe, ob ich in den Sternenweg komme, wenn er mit seiner Freundin dort sei. »Ist doch irgendwie unlogisch, oder?«

Carolin zuckte mit den Schultern. »Jungs sind einfach unlogisch. Entweder akzeptiert man das oder man muss allein bleiben.«

»Jungs sind nicht nur unlogisch, sondern auch technisch unbegabt«, kicherte ich und deutete auf den Monitor, auf dem Albert zu sehen war, wie er vergeblich versuchte das Garagentor zu öffnen. Schließlich gab er entnervt auf und lehnte sein Rad gegen die Hauswand.

»Manchmal träume ich tagsüber mit offenen Augen«, sagte ich, als Carolin mit Albert nach oben gegangen war. »Weißt du, Anne, manchmal sitze ich einfach am Fenster und schaue nach draußen und denke, wie wunderbar alles sein könnte.«

Meine Freundin sah mich zweifelnd an. »Schön und gut, aber davon kriegst du deinen Stefan nicht, oder? Meinst du, er kommt so einfach reingeschneit?«

Ich musste lachen. »Als ich ihn das erste Mal gesehen habe, war es wirklich fast wie ein Traum. Weißt du, aus dem Schneegriesel auf dem Monitor hat sich langsam ein Bild geformt und …« Ich schluckte. Wahrscheinlich hatten Anne Recht. Vom Träumen allein passierte nichts. Ich musste der Realität ins Auge sehen. »In Ordnung«, sagte ich. »Gehen wir in die Disco. Vielleicht wird es ja tatsächlich ganz lustig.«

- 7 -

Den ganzen Nachmittag probierten wir Klamotten an, um uns dann gegen halb sieben doch wieder für Jeans und T-Shirt zu entscheiden. Anne war zwar unzufrieden, aber die meisten Sachen von mir passten ihr einfach nicht.

»Wenn wir schon so normal angezogen sind, dann sollten wir uns wenigstens verrückt schminken«, schlug sie vor.

Ich fand die Idee gar nicht schlecht und klopfte bei Albert. Carolin wollte schließlich mit in die Disco. Als ich die Zimmertür öffnete, fiel ich fast in Ohnmacht.

Albert saß am Schreibtisch und las! Der Computer war nicht angeschaltet!

»Doch Stromausfall?«, fragte ich.

Er zuckte zusammen. »Nee«, sagte er. »Stör mich jetzt bitte nicht. Der Text ist ziemlich schwierig. Sag mal, Carolin, wenn hier von Existenz die Rede ist, dann ...«

Carolin war aufgestanden. Sie lächelte mich an. »Du, Albert, wir gehen heute Abend mit Sandra und Anne in die Disco«, sagte sie halblaut. »Im Sternenweg ist es immer unheimlich witzig.«

»Disco?« Albert legte das Buch sorgfältig zur Seite. »Ich denke, wir machen jetzt Philosophie? Und da fängst du mit Disco an. Das passt doch überhaupt nicht zusammen.« Er schüttelte den Kopf. »Sag du doch mal was dazu, Sandra.«

Ich sah zu Carolin hinüber, aber sie schüttelte nur leicht den Kopf.

»Das musst du einfach mal lernen«, sagte sie, »dass man viele verschiedene Dinge tun kann. Man kann sich mit dem Computer beschäftigen und mit Philosophie und trotzdem in die Disco gehen, oder etwa nicht?«

Ich nickte. »Genau das sag ich ihm auch immer.«

Albert schüttelte nur noch den Kopf. »Und dann soll ich vielleicht auch noch Fußball spielen und in den Schachclub oder Tanzkurs. Außerdem könnte ich ja gleich noch ein bisschen Chinesisch lernen und mein Aussehen von Grund auf ändern. Oder darf ich vielleicht so bleiben, wie ich bin?«

»Aber klar doch!« Carolin hatte ihm die Hand auf den Arm gelegt und lächelte ihn an. Dann drehte sie sich zu mir um und zwinkerte mir zu.

Ich war mir hundertprozentig sicher, dass sie innerhalb von drei Wochen aus Albert einen völlig anderen Menschen machen würde.

Zu dritt standen wir im Bad und schminkten uns, als meine Mutter klopfte. Es dauerte eine Weile, bis wir sie hörten, denn wir hatten das Radio ziemlich laut aufgedreht und waren total guter Laune.

»Puh«, sagte Mama bloß, als sie uns sah. »Ich wusste gar nicht, dass ihr schon was davon mitgekriegt habt. Eigentlich sollte es ja eine Überraschung sein, aber ... Na ja, vielleicht könnt ihr ein bisschen von dem Zeug im Gesicht wegwischen, sonst kriegen unsere Gäste einen Schreck.«

»Gäste?«, fragte ich. »Mama, wir gehen in die Disco.«

Meine Mutter setzte sich auf den Badewannenrand und holte tief Luft. »Erstens«, sagte sie, »möchte ich euch bitten, mein teuerstes Parfum nicht ganz aufzubrauchen.«

Anne errötete leicht und stellt den Flakon schuldbewusst wieder zurück.

»Zweitens mache ich euch darauf aufmerksam, dass unsere Familie heute ein Grillfest feiert. Papa und ich haben beschlossen, dass wir die Nachbarschaft kennen lernen wollen. Und weil das Wetter so schön ist, haben wir spontan Professor Wießler von nebenan eingeladen, das Ehepaar Sonstetter, Altmüllers von gegenüber und Kronenbergers.« Sie sah mich an. »Es gibt Steaks und Kartoffelsalat und eine Riesenschüssel rote Grütze ist auch schon fertig.«

»Mama!« Ich schüttelte den Kopf. »Wir wollen in die Disco!«

»Aber du sollst doch die Leute hier kennen lernen«, sagte meine Mutter. »Man muss mitkriegen, was um einen herum so passiert. Stellt euch mal vor, gestern Nacht war jemand bei Altmüllers im Garten. Der oder die Einbrecher sind aber nur bis zum Erdbeerbeet gekommen. Altmüllers haben nämlich einen Wachhund und der hat die Diebe sofort in die Flucht geschlagen.«

Anne hustete heftig und rannte aus dem Bad.

»So was erfährt man nur, wenn man sich ein bisschen um die Nachbarn bemüht«, sagte meine Mutter. »Frau Altmüller wird das heute Abend bestimmt noch mal erzählen.«

»Ich hab doch schon gesagt, dass wir nicht da sind«, wiederholte ich.

Mama schien das gar nicht gehört zu haben. »Kronenbergers bringen ihren Sohn mit. Ich glaube, der ist vier oder fünf, vielleicht könnt ihr euch ein bisschen um ihn kümmern. Ich hab ein paar Würstchen für ihn besorgt. Hast du nicht noch irgendein Puzzle, das ihr mit ihm spielen könnt?«

»Mama«, sagte ich nochmals. »Wir gehen in die Disco.«

Sie tat mir Leid, wie sie dasaß auf dem Badewannenrand, mit müden Augen. Am liebsten hätte ich sie in den Arm genommen und getröstet oder mich von ihr trösten lassen. Aber irgendwie schaffte ich es nicht, vielleicht auch, weil Carolin daneben stand. So sagte ich bloß, dass es schade sei, aber wir würden nach der Disco bestimmt noch in den Garten kommen.

»Schon in Ordnung«, sagte meine Mutter und stand auf. Sie lächelte mich an. »Ich versteh dich ja«, murmelte sie und zog mich leicht an sich. »Ich war auch mal jung. Mach was aus deinem Leben, ja?!«

Eigentlich war ausgemacht gewesen, dass Albert mitkommen sollte, aber Papa hatte ein Problem mit seinem Computer und mein Bruder sollte ihm unbedingt helfen.

»Ich komm nach, sobald ich den Fehler gefunden habe«, versprach er.

Falls Carolin ärgerlich war, so ließ sie sich jedenfalls nichts anmerken. »Mach, wie du denkst«, sagte sie nur. »Du wirst uns ja finden.«

»Vielleicht ist es ohne Albert auch viel lustiger. Meistens nervt es, wenn Jungs dabei sind!« Anne hakte Carolin und mich unter. »Findet ihr nicht auch?«

»Ey, Anne, was ist mit Max? Wolltest du ihn nicht anrufen und fragen, ob er mitkommt?«

Anne lachte. »Max hat ein wichtiges Fußballspiel. Vielleicht kommt er später noch nach. Aber es wird auch so lustig. Auch ohne Jungs!«

»Heißt das, du bist froh, dass Jonas nicht in der Nähe ist?«, erkundigte ich mich. »Anne, wenn du noch ein paar Tage hier bleibst, dann interessiert er dich wahrscheinlich überhaupt nicht mehr.«

Sie winkte ab. »Ich hab 'ne ganze Weile nicht an ihn gedacht und das war eigentlich ein ganz guter Zustand«, sagte sie langsam. »Aber jetzt denk ich natürlich wieder darüber nach, warum er Albert angerufen hat.«

»Albert hat es mir erzählt«, unterbrach sie Carolin. Sie zögerte kurz, als Anne sie erwartungsvoll ansah. »Es war ein völlig harmloses Telefonat. Und es ging gar nicht um dich.«

»Es ging gar nicht um mich?«

Carolin schüttelte den Kopf. »Es ging um Computer. Albert und Jonas waren im letzten Schuljahr zusammen in der Computer-AG und da wollte Jonas ein paar Sachen wissen, deshalb hat er angerufen.«

Anne war stehen geblieben. Sie heulte fast. »Dieser blöde Jonas! Und ich dachte, er ruft wegen mir an. Deshalb hab ich ihm vorhin noch 'ne SMS geschickt.«

»Du hast ihm eine SMS geschickt?« Ich schüttelte den Kopf. »Mensch, Anne, haben wir nicht ausgemacht, dass du dich zurückhalten sollst? Es lief doch alles so gut. Aber jetzt kriegt er wieder Oberwasser, weil du dich gemeldet hast. Was hast du ihm eigentlich geschrieben?«

Anne druckste ein bisschen rum. »Ich dachte, wenn er sogar bei Albert anruft, um nach mir zu fragen, dann liegt ihm sicherlich viel an der Beziehung. Und da hab ich ihm geschrieben, dass ich ihn eigentlich sehr gern habe.«

Carolin und ich sahen uns an. Anne war einfach nicht zu helfen.

»Und Max? Was ist mit Max?«, fragte ich.

Anne zuckte die Achseln. »Ich weiß nicht ...«

»Ich glaube, es war ein Fehler, Jonas eine SMS zu schicken«, sagte Carolin langsam. »Ich hätte das an deiner Stelle nicht gemacht. Na ja, ist ja auch egal«, fügte sie hinzu, als Anne immer noch schniefte. »Jedenfalls gehen wir jetzt in die Disco und amüsieren uns – auch ohne Jungs!« Sie sah mich an. »Oder brichst du gleich zusammen, wenn du Stefan siehst? Denk bitte dran, du musst absolut cool bleiben! Am besten tust du so, als ob du dich gar nicht besonders für ihn interessierst.«

Ich nickte. Das würde mir garantiert verdammt schwer fallen, aber wahrscheinlich hatte Carolin Recht.

Anne holte ihr Handy aus der Hosentasche und stellte es ab. »So«, sagte sie dann, »jetzt kann Jonas mich nicht erreichen. Soll er sich ruhig mal Gedanken machen, warum.«

Ich nahm zwar an, dass Jonas sie bestimmt nicht anrufen würde, aber ich sagte lieber nichts.

Wir schlenderten langsam die Straße entlang. Pünktlich, so hatte Anne erklärt, sollte ich auf keinen Fall sein. Nicht mal Stefan konnte erwarten, dass ich Punkt sieben Uhr im Sternenweg sein würde, und so war es bereits kurz vor acht, als wir vor dem Jugendtreff standen. Eine Menschenmenge drängelte sich vor dem Eingang. Eintrittskarten gab es nicht mehr, erfuhr Carolin von einer Freundin, die ebenfalls vergeblich auf Einlass wartete, aber mit ein bisschen Glück kämen wir vielleicht noch rein.

»Das ist die einzige Jugenddisco hier in der Stadt. Momentan wenigstens. Im Industriegebiet macht demnächst noch eine auf«, erklärte Carolin. »Hier ist immer viel los, aber heute ist es besonders schlimm, weil irgendeine Schulband spielt.« Sie sah sich um. »Vielleicht sollten wir es mal über den Hintereingang versuchen. Wir müssen durch den Hausflur des Nachbargebäudes und dann über eine Mauer. Natürlich nur, wenn ihr wollt.«

Am liebsten hätte ich gesagt, eigentlich will ich gar nicht mehr. Wie sollten wir denn in diesem Getümmel Stefan finden! Außerdem war die Musik so laut, da würde ich gar nicht mit ihm reden können. Aber Anne meinte, natürlich würden wir versuchen reinzukommen. Ich nickte bloß.

Carolin grinste uns an. »Wir haben Glück. Irgendjemand hat die Tür nur angelehnt. Los, lasst uns reingehen.«

Meine Augen brauchten eine Weile, bis sie sich an das Halbdunkel gewöhnt hatten. In der Halle drängten sich die Jugendlichen, die Anlage war voll aufgedreht und die Luft war total stickig.

Anne packte mich am Arm und deutete zur Bühne. »Stefan!«, schrie sie mir ins Ohr, aber ich schüttelte den Kopf. Sie sollte sich endlich mal eine Brille zulegen.

Langsam schoben wir uns durch die Masse. Ich konzentrierte mich darauf, irgendwo einen dunklen Lockenkopf zu entdecken, aber es war vergeblich.

»Pass doch auf!«, hörte ich Anne hinter mir brüllen.

Ich drehte mich um.

Ein Junge mit Brille stand vor meiner Freundin und hob entschuldigend die Hände. »Tut mir Leid, die Flasche ist mir aus der Hand gerutscht. Irgendjemand hat mich angerempelt.«

»Blödian!«, schimpfte Anne. »Ich will hier raus. Mir reicht's! Dieser Typ hat mir irgendeinen klebrigen Saft über den Rücken geschüttet. Igitt, ist das ein scheußliches Gefühl!«

Der Junge meinte noch, er habe sich ja entschuldigt und sie solle sich bloß nicht so anstellen. Dann packte ihn ein dunkelhaariges Mädchen am Handgelenk und zog ihn zur Tanzfläche.

»Mir reicht's wirklich«, sagte Anne. »Bitte lass uns gehen, ja?«

Carolin zuckte die Schultern. »Wollt ihr schon aufgeben?«, rief sie. »Also, ich bleib noch ein bisschen.«

Ich nickte, winkte ihr noch mal zu und dann kämpften meine Freundin Anne und ich uns zum Ausgang.

»Ich stinke total nach Pfirsichsaft«, meinte sie, als wir endlich draußen waren. »Und was machen wir jetzt?«

Eine Zeit lang schlenderten wir ziellos durch die warme Sommernacht. Annes T-Shirt trocknete ziemlich schnell und ihre Laune besserte sich zunehmend.

»Wir können ja mal beim Bahnhof vorbeigehen«, schlug sie vor.

»Stefan ist doch bestimmt mit Nelli in der Disco«, sagte ich.

»Ach so, ja, natürlich. Das hab ich aber gar nicht gemeint. Ich wollte mal nach den Abfahrtszeiten sehen. Vielleicht fahre ich morgen wieder nach Hause. Willst du nicht mitkommen?«

Ich schüttelte den Kopf. »Wir wollten doch erst die Sache mit Stefan klären«, sagte ich langsam.

Anne holte tief Luft. »Irgendwie klappt das aber alles nicht so, wie wir uns das vorstellen«, meinte sie schließlich. »Sieh mal, zum Beispiel der heutige Abend. Eigentlich war die Idee mit der Disco ganz gut, aber was ist daraus geworden?« Sie schnüffelte an ihrem T-Shirt. »Ich rieche immer noch grauenhaft nach Pfirsichsaft. Und von Stefan weit und breit keine Spur. Und Max hat sich auch nicht gemeldet.«

»Und mit Jonas ist auch nichts mehr«, fügte ich hinzu.

Anne nickte bloß. Sie deutete auf drei Jungs, die an der Bushaltestelle gegenüber warteten. »Vielleicht sollte man sich einfach in einen anderen Jungen verlieben und sich Stefan und Jonas abschminken.«

»Ja«, sagte ich, aber ich wusste genau, dass ich nur Stefan wollte und sonst keinen.

Nach einer Viertelstunde stellten wir fest, dass wir an der falschen Bushaltestelle gewartet hatten und dass der letzte Bus bereits vor zehn Minuten abgefahren war.

Ich lieh mir Annes Handy aus und rief zu Hause an, aber natürlich meldete sich mal wieder keiner. »Hier wird geraucht und ziemlich viel getrunken«, sagte ich dem Anrufbeantworter. »Ihr könnt uns unter Annes Handynummer erreichen, wenn ihr uns abholen wollt.«

Aber ich hätte mir die Schwindelei sparen können. Garantiert dachte zu Hause niemand daran, den Anrufbeantworter abzuhören. Meine Eltern saßen bestimmt im Garten, feierten ihr Einweihungsfest mit den Nachbarn und amüsierten sich.

»Dann laufen wir eben«, sagte ich. »Es sind ja nur ein paar Minuten.« Das stimmte zwar nicht ganz, aber Anne hätte sonst sicher gestreikt.

»Meinst du, wir kriegen noch was zu essen?«, fragte sie. »Ich hab wahnsinnigen Appetit auf irgendwas Essbares, auf Schokolade oder Pralinen.«

»Hast du nicht neulich gesagt, du willst abnehmen?«

Sie lachte. »Klar, aber eigentlich ist es doch egal, ob ich dick oder dünn bin. Bringt mir das irgendwas bei Jonas, wenn ich zwei Kilo mehr habe oder nicht? Siehst du. Dann kann ich mich ruhig satt essen, oder?«

»Na also«, sagte sie zufrieden, als wir endlich vor dem Gartentor standen. »Da wird noch gegrillt. Wir kriegen garantiert was zu essen.«

Wenn meine Eltern erstaunt waren, uns so früh schon wieder zu sehen, so ließen sie sich nichts anmerken. Papa unterhielt sich mit Frau Altmüller, die erzählte, wie heldenhaft ihr Hasso die Einbrecher in die Flucht geschlagen habe.

»Das Erdbeerbeet wurde dabei verwüstet«, hörte ich sie sagen, »aber lieber die Erdbeeren einbüßen als den ganzen Schmuck, nicht wahr?«

Anne und ich grinsten uns an.

»Wenn ich was von einem Hund gewusst hätte«, murmelte meine Freundin, »hätte ich mich nicht getraut, auch nur eine Erdbeere zu essen. Aber wahrscheinlich hat das Vieh tief und fest geschlafen.«

»Ach«, sagte Frau Altmüller, »bestimmt ist eine von euch beiden Hübschen die Tochter des Hauses. Schade, dass der Sohn von Kronenbergers schon gegangen ist.« Sie wandte sich an Mama. »So ein reizender Junge. Der wär doch was für Ihre Tochter, oder? Schade, dass sie vorhin nicht da war. Der Junge hat sich wirklich gelangweilt. Kein Wunder, bei uns alten Leuten!«

Es war oberpeinlich. Mama bemühte sich zu lächeln und fragte Frau Altmüller, ob sie noch ein bisschen vom Salat wolle.

Aber Frau Altmüller schien nicht zu kapieren. »Wirklich schade«, sagte sie nochmals. »Der junge Kronenberger ist so ein netter Kerl, was man heutzutage ja nicht von allen behaupten kann. Ich erinnere mich noch genau daran, dass –«

»Frau Altmüller, ich bin dreizehn!«, sagte ich so würdevoll wie möglich. Das war ziemlich schwierig, weil ich den Mund voller Kartoffelsalat hatte.

Die Frau kicherte. »Ja, gerade deshalb meine ich ja, der wäre was für dich. Er ist vierzehn oder fünfzehn, das ist doch das ideale Alter für euch beide, hab ich Recht? Oder ist er vielleicht doch schon sechzehn?« Sie winkte ihrem Mann zu. »Heinz-Herbert, wie alt ist Stefan Kronenberger?«

»Stefan heißt er?«, fragten Anne und ich wie aus einem Mund.

Aber Frau Altmüller reagierte nicht. Sie diskutierte gerade mit ihrem Mann darüber, dass man bei jungen Leuten das Alter so schlecht schätzen könne.

»Ja, ich glaube, er heißt Stefan«, sagte Mama geistesabwesend. Sie beobachtete gerade, wie Herr Altmüller seine Zigarre auf einem Teller ausdrückte.

Anne stieß mich an. »Mach den Mund zu, du guckst nicht sehr intelligent«, flüsterte sie. »Stefan heißen viele, glaub mir. Ich kenn mindestens drei Jungs, die Stefan heißen.«

Wahrscheinlich hatte sie Recht, aber ich musste es genau wissen. »Hat seine Oma einen Kiosk am Bahnhof?«, hörte ich mich fragen.

Frau Altmüller sah mich erstaunt an. »Ja, woher weißt du denn das? Stefan hilft dort ab und zu aus. Ach, es ist einfach reizend zu sehen, wie er seiner Oma hilft. Und wie er sich um Nelli kümmert. Eigentlich hätte er sie gern mitgebracht, aber unser Hasso hat sie mal gebissen.«

»Er wollte Nelli mitbringen?«

»Nelli ist absolut friedlich. Ein wirklich gut erzogener Hund, sage ich immer. Kein Wunder, Stefan geht mit ihr jeden Abend eine halbe Stunde spazieren. Das Tier hat genug Auslauf.«

»Nelli ist ein Hund«, sagte ich fassungslos und setzte mich einfach ins Gras. »Es läuft alles so bescheuert!«

Einen Moment lang war es ganz still, dann redeten alle durcheinander.

Mama verdrehte die Augen. »Kannst du dich nicht benehmen?«, zischte sie. »Was sollen denn die Leute denken?«

Aber darauf konnte ich jetzt keine Rücksicht mehr nehmen. Eigentlich war mir alles egal.

»Komm«, sagte ich zu Anne, die sich schnell noch den Kartoffelsalat und die Würstchen, die für den Vier- bis Fünfjährigen bestimmt gewesen waren, auf den Teller häufte. »Komm, wir verschwinden.«

Anne wollte Licht in meinem Zimmer machen, aber ich schüttelte den Kopf.

»Na gut, dann ess ich eben im Dunkeln«, sagte sie. »Aber beschwer dich dann nicht über irgendwelche Ketschup-Flecken auf der Bettdecke.«

Eine Weile lang war nur ihr gleichmäßiges Kauen zu hören. Dann fragte sie ins Halbdunkel: »Was machst du eigentlich? Heulst du lautlos oder was?«

Ich knipste die Nachttischlampe an. »Nee, natürlich nicht«, sagte ich. »Ich heule nicht. Ich ärgere mich bloß wahnsinnig. Weißt du, es ist absolut verrückt. Da mache ich einen Wahnsinnsaufstand, um Stefan irgendwo zu begegnen, und dann stellt sich heraus, dass wir fast Nachbarn sind. Wenn ich häufiger nach draußen gegangen wäre, hätte ich ihn vielleicht auf der Straße getroffen.«

Anne nickte und schob sich den letzten Rest Kartoffelsalat in den Mund. »Stimmt! So wie ich ihn getroffen habe, als ich auf der Mauer gesessen bin.«

»Und du erzählst mir, dass er eine Freundin hat! Nelli!«

Sie wischte sich den Mund ab. »Seine Oma hat gesagt, er sei mit Nelli spazieren gegangen. Und dass er ganz vernarrt in sie sei. Ist doch klar, dass ich da nicht an einen Hund, sondern an eine Freundin denke. Wenn sie ›Hasso‹ gesagt hätte, wäre ich nie auf so einen Gedanken gekommen.«

»Eine echte Intelligenzleistung«, sagte ich. »Garantiert hat er im Sternenweg auf mich gewartet und ich Idiot bin erst um acht aufgetaucht und ...«

»... da saß er schon längst im Garten und hat die Grillparty deiner Eltern genossen.« Anne gähnte leicht. »Morgen ist ja auch noch ein Tag, oder?«

»Manchmal habe ich das Gefühl, als ob das Schicksal was dagegen hätte, dass wir uns finden, denkst du nicht auch?«

Anne wischte sich den Mund ab. »Weiß nicht«, meinte sie und gähnte leicht. »Du kannst ja mal in den nächsten Tagen bei ihm vorbeigehen und Hallo sagen.«

Ich schüttelte den Kopf. »Das ist doch nicht dein Ernst. Alles, was ich unternommen habe, ist schief gelaufen. Stell dir vor, ich klingle bei ihm an der Haustür. Wahrscheinlich würde ich in dem Moment irgendeine komische Krankheit kriegen und könnte nicht mehr richtig reden.«

Meine Freundin sah mich ungläubig an. »Jetzt machst du aber Spaß, oder?« Sie gähnte herzhaft. »Sei mir nicht böse, aber ich schmink mich ab und dann muss ich schlafen.«

Während Anne im Bad war, stellte ich mich ans

Fenster und schaute in den Garten. Die Gäste schienen gegangen zu sein, draußen war alles ruhig. Lediglich aus Alberts Zimmer nebenan hörte ich durch das halb offene Fenster gedämpfte Stimmen. War Carolin noch gekommen? Ich wollte gerade nachsehen, da kam Anne aus dem Bad zurück.

»Wie siehst du denn aus?«, fragte ich entsetzt.

Sie grinste. »Meine Haut braucht dringend etwas Pflege«, sagte sie. »Ich hab mir jede Menge von der Fettcreme draufgeschmiert. Ich hoffe, deine Mutter nimmt mir das nicht übel. Es ist leider nicht mehr sehr viel davon übrig.«

»Ist schon in Ordnung«, sagte ich. »Was machen wir morgen?«

»Ich glaube, ich fahre morgen wieder.« Sie sah mich bittend an. »Sei mir nicht böse, aber ich muss das mit Jonas klären.«

»Kannst du das nicht auch telefonisch machen? Du könntest ihn anrufen und ihm erzählen, dass –«

»Du und Carolin, ihr habt doch dauernd gesagt, ich soll nicht anrufen. Aber vielleicht hast du Recht.« Sie blickte auf die Uhr. »Es ist halb zwölf. Eigentlich genau die richtige Zeit, um mit Jonas über unsere Beziehung zu diskutieren. Also, ich ruf ihn jetzt an.«

»Soll ich rausgehen?«, fragte ich, aber sie meinte, sie fühle sich besser, wenn ich dabei sei. »Wenn du den Eindruck hast, dass ich zu nett bin zu ihm, dann gibt mir ein Zeichen«, sagte sie.

Ich nickte.

Erst beim siebten oder achten Klingeln nahm Jonas ab. Anne starrte auf das Blatt, auf dem sie sich die Themen für ihr Telefonat notiert hatte. »Ich will ja nicht eifersüchtig wirken oder von Sarah reden«, hatte sie mir erklärt. »Deshalb hab ich hier aufgeschrieben, worüber ich mit ihm reden könnte.«

Und so hakte sie ein Thema nach dem anderen ab. Zuerst das Wetter, dann was wir bisher so unternommen hatten, günstige Handytarife und schließlich die entscheidende Frage: »Sag mal, Jonas, was machst du so zurzeit?«

Sie hatte vorher zu mir gesagt: »Wenn er dann Sarah erwähnt, lege ich wortlos auf und danach geht es mir verdammt schlecht.«

Deshalb hielt ich fast die Luft an, als sie die entscheidende Frage stellte.

»Wie bitte?«, rief sie und sprang auf. »Nein, du machst Witze. Das kann doch nicht sein!«

»Anne, beruhige dich! Leg einfach auf. Jonas ist es nicht wert, dass du dich über ihn ärgerst. Soll doch Sarah –«

Anne beachtete mich gar nicht. »Sag das noch mal ganz langsam zum Mitschreiben«, rief sie ins Telefon. »Ich glaub das einfach nicht.«

Jonas schien etwas zu sagen.

Anne ließ das Handy sinken. »Er ist bei Albert!«, sagte sie. »Nebenan!«

- 8 -

Ich werde wahnsinnig«, flüsterte Anne mir zu, als wir vor Alberts Tür standen. »Oder meinst du, Jonas erlaubt sich nur einen dummen Scherz?«

»Wir werden sehen«, sagte ich und öffnete die Tür. Dann fiel mir ein, dass Anne noch jede Menge Fettcreme im Gesicht hatte und wie ein polierter Apfel glänzte, aber es war schon zu spät.

Jonas und Albert saßen am Computer und guckten nur kurz auf.

»Wenn wir das jetzt noch anders programmieren, dann könnte es klappen«, sagte Albert. »Macht ihr bitte mal wieder die Tür zu?«

»Genau!«, rief Jonas begeistert. »Ich glaube, jetzt haben wir's gleich, Albert.« Er streckte sich. »Hallo, Anne, hallo, Sandra. Das ist vielleicht 'ne Arbeit mit so 'ner Homepage. Ich sitz jetzt schon fünf Tage dran und irgendwas klemmt immer.«

Anne baute sich neben ihm und Albert auf. »Seit wann bist du eigentlich hier? Und warum erfahr ich das erst jetzt, Albert?«

»Du hast mich ja nicht danach gefragt«, sagte mein Bruder bloß und stieß einen Begeisterungsschrei aus. »Super, so haut das hin!«

»Ich zieh den Stecker raus, wenn ihr mir nicht zuhört.«

Diese Drohung schien zu wirken, denn Albert und Jonas drehten sich zu Anne um und wirkten plötzlich wieder ganz normal.

»Na ja«, meinte Albert, »Jonas hat mich angerufen und gefragt, ob ich ihm bei seiner Homepage helfen könnte.«

»Und weil mein Vater hier in der Nähe geschäftlich zu tun hat, bin ich eben mitgefahren«, ergänzte Jonas. »Warum hast du dich eigentlich so lange nicht blicken lassen, Anne? Seit wann bist du denn hier zu Besuch? Sag mal, hast du zufällig meine Sonnenbrille gefunden? Ich such die wie verrückt.«

Anne sagte gar nichts. Mit verschränkten Armen stand sie da und sah Jonas an.

»Ist irgendwas? Ich meine, stimmt irgendwas nicht?« Jonas wirkte ein wenig verunsichert.

Anne schwieg immer noch.

»Vielleicht solltest du was zum Thema ›Sarah‹ sagen«, half ich nach.

Jonas verdrehte die Augen. »Die Software, die mir Sarah versprochen hat, war der letzte Schrott. Wenn sie sich damit 'ne Homepage machen will, na dann viel Spaß.« Er drehte seinen Stuhl wieder zum Computer.

»Ach übrigens«, sagte Albert, »bevor ich's vergesse: Max hat angerufen, Anne. Mit der Disco heute Abend klappt es bei ihm nicht mehr und dich konnte er über das Handy nicht erreichen. Er hat gefragt, ob du morgen Zeit hast.«

Jonas guckte angestrengt auf den Monitor. »Wer ist denn Max?«

Anne lächelte. »Ach, irgendeiner vom Fußballverein. Ich kenne ihn auch nicht so genau.«

Jonas wandte sich an Albert. »Meinst du, du kannst nächste Woche mal bei mir vorbeikommen? Es sind ja nur hundert Kilometer und –« Sein Handy klingelte. Er starrte auf das Display und stand auf. »Also, dann mal danke, Albert. Ich muss los, mein Vater wartet vorne an der Ecke auf mich. Wir haben ausgemacht, dass er mir 'ne Nachricht schickt, wenn er fertig ist.«

Anne schluckte. »Fährst du nach Hause?«

»Klar, sagte ich doch.«

»Ich fahr mit! Ich packe und bin in einer Minute fertig.«

Jonas starrte sie entgeistert an. »Moment mal, ich –«

Aber Anne war schon aus dem Zimmer gestürmt.

»Vielleicht kannst du ihr sagen, dass mein Vater mit dem LKW kommt. Er hat jede Menge leerer Sprudelflaschen geladen«, sagte Jonas zu mir. »Wenn sie unbedingt mitfahren will, von mir aus. Mich stört's nicht.«

Anne warf alles, was ihr in die Finger kam, in ihre Reisetasche. »Du bist mir doch nicht böse«, murmelte sie. »Aber weißt du, das ist jetzt die Gelegenheit. Ich kann mindestens eine Stunde lang mit Jonas reden.«

»Aber sein Vater …«

»Sein Vater stört nicht, der ist schwerhörig. Mensch, Sandra, ich glaube, es wird alles noch gut, denkst du nicht auch? Jonas kann einfach nicht so über seine Gefühle reden, aber das wird er noch lernen. Jedenfalls bin ich ja so froh, dass ihn an Sarah nur die Software interessiert hat.« Sie fiel mir um den Hals. »Ich drück dir ganz fest die Daumen für Stefan, ja? Und grüß deine Eltern. Und Carolin. Und wir telefonieren!«

»Und was ist mit Max? Ich denke, du magst ihn gern?«

Sie drehte sich um und einen Moment lang hatte ich den Eindruck, dass sie weinte.

»Ja«, flüsterte sie, »ich mag ihn sehr gern. Aber Jonas … ich weiß auch nicht, warum …« Und dann stürmte sie aus dem Zimmer und hinter Jonas die Treppe hinunter.

Mein Bruder stand an der Treppe und grinste. »Anne ist ein total verrücktes Huhn. Sag mal, ist sie vielleicht in Jonas verliebt?«

»Ich weiß nicht, wie du darauf kommst«, sagte ich kühl. »Nein, ich glaube, sie ist nicht in ihn verliebt.«

»Na dann«, meinte er und gähnte. »Wär nämlich ziemlich frustrierend für sie. Ich verrat dir mal was: Jungs reden nämlich auch manchmal über Mädchen. Und Jonas hat mir erzählt, dass er total in Sarah verknallt ist. Er macht jetzt für sich 'ne Homepage und dann will er mit seinen Kenntnissen angeben und ihr auch eine erstellen.«

»Nein!«, sagte ich und starrte ihn an. »Komm, sag, dass das ein Witz ist.«

»Nee, im Ernst. Jonas ist wirklich so blöd und macht erst sich selbst die Homepage, anstatt gleich –«

Ich schüttelte den Kopf. »Das hab ich nicht gemeint«, sagte ich. An der Küchentür drehte ich mich nochmals um. »Übrigens, ich glaube, Carolin hat in der Disco auf dich gewartet.«

Mein Bruder guckte ziemlich schuldbewusst. »Tja, weißt du, manche Sachen sind eben wichtiger. Und weil Jonas nun mal zufällig da war … Da konnte ich ja auch nicht absagen, oder? Findest du mein Verhalten blöd?«

»Ja«, sagte ich langsam, »ich finde das sogar ziemlich blöd. Wenn ich an Carolins Stelle wäre …«

Albert biss sich auf die Unterlippe »Was soll ich denn jetzt machen? Soll ich einfach sagen, dass …«

»Nein, das kann nicht sein!«, sagte ich und starrte auf den Monitor.

Mein Bruder kam neugierig näher und blickte mir über die Schulter.

»Doch! Das kann schon wahr sein«, sagte er. »Und ich geh mal Carolin anrufen. Es ist zwar gleich Mitternacht, aber vielleicht freut sie sich ja doch.«

Ich riss die Eingangstür auf. Anne saß direkt davor.

»Ich dachte, du fährst mit Jonas nach Hause«, sagte ich.

Sie lächelte Max an, der den Arm um sie gelegt hatte und ein bisschen verlegen guckte. »Na ja, hatte ich fast vor, aber dann bin ich über Max gestolpert, der wollte nämlich mitten in der Nacht eine Einladung fürs Training in den Briefkasten werfen und ...« Sie stand langsam auf. »Na ja, irgendwie wurde mir plötzlich klar, dass mir Jonas eigentlich gar nicht so wichtig ist, und Max ...«

Er räusperte sich. »Ich hab Stimmen im Garten gehört und mir gedacht, ich werf einfach mal die Einladung zum Anfängertraining in den Briefkasten. Wir fangen nämlich morgen früher an. Um halb acht schon.«

Meine Freundin nickte. »Ich komme bestimmt.«

In dieser Nacht konnten Anne und ich lange nicht einschlafen.

»Ich glaube, es war die richtige Entscheidung«, meinte sie gegen ein Uhr und gähnte laut. »Für Jonas ist das sicherlich ein harter Schlag, dass ich nichts mehr von ihm wissen will, aber notfalls kann er sich ja mit Sarah oder sonst wem trösten. Weißt du, Max ist ganz anders als er ...«

Ich hörte nur halb zu. Um mich herum schien alles zu klappen: Anne und Max hatten einander gefunden und Albert und Carolin waren vorhin spazieren gegangen und schienen sich prächtig verstanden zu haben.

Und was war mit mir? Und mit Stefan? Was wusste ich überhaupt von ihm?

Anne murmelte etwas im Halbschlaf. Ich löschte das Licht.

Entscheidend war nur eine Sache: Ich war verliebt in ihn. Das wusste ich ganz sicher.

Vielleicht lag es am Vollmond, dass ich nicht einschlafen konnte. Irgendwann stand ich auf, um mir in der Küche etwas zu trinken zu holen.

Mama saß am Küchentisch und starrte auf den Monitor ihres Laptops.

»Was ist denn mit dir?«, fragte sie erstaunt. »Warum schläfst du nicht?«

Ich zuckte die Schultern. »Weiß nicht. Vielleicht liegt es am Vollmond. Ich bin irgendwie so aufgedreht.«

Mama musterte mich aufmerksam. »Sandra?«

Ich setzte mich auf die Tischkante. Mama schob ihren Laptop ein Stück zur Seite. »Sandra, bei dir ist ziemlich viel passiert in letzter Zeit, stimmt's?«

Ich nickte. »Klar«, sagte ich und wollte hinzufügen: »Ist doch klar, dass viel passiert oder etwa nicht?«, aber irgendetwas im Blick meiner Mutter machte mich unsicher. Ich nickte ein zweites Mal und versuchte zu lächeln.

»Du bist so groß geworden«, sagte sie leise und es klang, als spräche sie zu sich selbst. »Du und Albert, ihr seid eigentlich keine Kinder mehr.« Sie blickte auf. »Hast du Kummer?«

»Nein, nicht wirklich«, sagte ich. »Nur manchmal, ein bisschen eben. Wie alle Menschen!«

Meine Mutter hatte das grelle Deckenlicht gelöscht und das Fenster geöffnet. Ich spürte die kühle Nachtluft und fröstelte einen Moment.

Mama legte den Arm um mich. »Sieh mal, der dicke Mond«, sagte sie leise. »Weißt du noch, als Kind hast du immer gedacht, dass er ein Gesicht hat. Und du hast dir bei abnehmendem Mond

Sorgen um ihn gemacht und warst ganz glücklich, wenn er wieder voll da war.«

»Ja«, sagte ich. »Aber das ist schon lange her.«

Sie nickte. »Ich weiß. Aber wir haben es beide nicht vergessen!« Sie sah mich an. »Willst du über deinen Kummer reden? Es muss auch nicht jetzt sein.«

Ich schüttelte den Kopf. »Mama, es ist nur ein ganz kleiner Kummer«, sagte ich.

Sie lächelte und schloss das Fenster. »Vielleicht ist es mit dem Kummer wie mit dem Mond. Er kommt, aber er geht auch wieder.« Liebevoll strich sie mir übers Haar. »Gute Nacht, meine Große. Du machst das schon alles richtig, ich weiß das.«

»Gute Nacht, Mama«, flüsterte ich.

Ich ging aus der Küche und einen langen Moment lang hatte ich meine Mutter so lieb, dass ich fast hätte heulen können.

»Irgendwo muss es doch sein«, hörte ich meinen Vater in der Diele unten sagen. Ich blickte auf das Leuchtzifferblatt des Weckers. Viertel nach sieben! Und das in der Ferienzeit!

Irgendjemand riss meine Zimmertür auf. Papa stürmte herein und rief: »Hast du zufällig mein helles Leinenjackett gesehen? Das hing gestern Abend noch an der Garderobe!«

»Nein«, knurrte ich verschlafen, »es sind Ferien!«

Mitleidlos drehte mein Vater das Licht an. »Denk mal ein bisschen nach. Ich muss arbeiten gehen, ich hab in zwei Stunden einen Termin in München und brauche das Jackett.«

»Pst!« Das war Mama, die das Licht wieder löschte. »Dann zieh doch was anderes an und lass Sandra schlafen.« Sie strich mir übers Haar. »Schlaf weiter. Ich muss in die Redaktion. Übrigens, wir machen wirklich die neue Serie. ›Junge Fußballtalente‹ wird sie heißen ...«

Minuten später hörte ich beide das Haus verlassen. Ich wollte mich umdrehen und weiterschlafen, aber leider ging das nicht mehr. Wo war überhaupt Anne? War sie schon aufgestanden?

Da entdeckte ich den Zettel auf meinem Schreibtisch: *Ich bin bei Max auf dem Fußballplatz*, hatte sie mit goldfarbenem Stift geschrieben. Und darunter, ziemlich klein: *PS: Ich musste mir deine gelbe Hose und das bunte T-Shirt ausleihen. Danke!* Rundherum hatte sie viele Herzen gemalt.

Dann stehe ich eben auch auf, dachte ich, als ich von unten Musik hörte.

Albert saß am Esstisch, las Zeitung und schaufelte achtlos Kartoffelsalat in sich hinein. Ich studierte den Inhalt des Kühlschranks. Angeblich soll es ja intelligente Kühlschränke geben, die selbstständig die Sachen bestellen, die fehlen. Unser Kühlschrank jedenfalls zählte noch zu den altmodischen Exemplaren; bis auf die Reste der Grillparty des vergangenen Abends und drei Eier war er absolut leer.

»Schmeckt prima«, sagte mein Bruder und schob mir die Schüssel mit Kartoffelsalat rüber. »Ich versteh nicht, warum Anne nichts davon wollte.«

»Aber doch nicht zum Frühstück!«

Er grinste mich an. »Wenn ihr nicht die rote Grütze aufgefuttert hättet, dann könntest du davon jetzt was kriegen. Mama war übrigens ganz schön sauer, dass ihre tolle Grillparty ohne Nachtisch zu Ende ging.«

»Ups«, sagte ich und probierte ein bisschen von dem Kartoffelsalat. »Wir wussten doch nicht, dass die eigentlich für das Fest gedacht war.« Ich stellte den Kartoffelsalat wieder in den Kühlschrank. »Eigentlich habe ich sowieso keinen Hunger. Höchstens Appetit. Auf Erdbeeren zum Beispiel.« Ich deutete auf das Nachbargrundstück. »Weißt du, dass es da drüben wahnsinnig gute Erdbeeren gibt? Wir sollten mal langsam in unserem Garten etwas anpflanzen, ein paar Blumen wenigstens oder so.«

Albert schüttelte den Kopf. Er wirkte ziemlich resigniert. »Lohnt sich wahrscheinlich sowieso nicht mehr«, murmelte er.

»Lohnt sich sowieso nicht mehr? Was soll das denn jetzt wieder heißen?«

Mein Bruder schüttelte bloß den Kopf. »Papa kann sich mit dem Bauausschuss nicht einigen, das Verwaltungszentrum soll nicht so gebaut werden, wie er es sich vorgestellt hat. Na ja, und du kennst ihn ja. Jedenfalls hat er vorhin gemeint, wir würden vielleicht wieder nach Ludwigsstadt zurückgehen.«

»Wie bitte?«, fragte ich. »Hab ich mich verhört? Wir sollen wieder zurück nach Ludwigsstadt?«

Albert zuckte die Schultern. »Entschieden ist

noch nichts. Irgendwie hängt es wohl von dem Termin in München ab. Ich hoffe bloß, wir erfahren es rechtzeitig.«

Albert war zu Carolin gegangen und ich saß allein in der Küche. Wenigstens hab ich noch nicht meinen ganzen Krempel ausgepackt, dachte ich. Es war mal wieder typisch für meine Eltern. Probewohnen in einem supermodernen Hightechhaus und dann wieder zurück ins Fachwerkhaus am Marktplatz in Ludwigsstadt. Das war ein totaler Kulturschock, was sie uns da zumuteten. Aber auch das würde mich nicht umwerfen. Ich war ja so einiges gewöhnt.

Ich starrte eine Weile untätig vor mich hin und beschloss dann mein Tagebuch zu suchen. Längere Zeit hatte ich gar keine Lust gehabt, Tagebuch zu schreiben, vielleicht, weil mein Leben so ereignislos verlaufen war. Aber inzwischen war einiges passiert, was ich aufschreiben wollte.

Meine Schritte hallten auf dem Boden, als ich hochging. Komisch, dass dieses Geräusch mir sonst noch nie aufgefallen war.

»Albert?«, rief ich halblaut, aber dann fiel mir wieder ein, dass er zu Carolin gegangen war.

Das Telefon klingelte ein Mal.

Unwillkürlich schaute ich mich um, als ich die Treppe hochging. Aber dann musste ich lachen: Es war halb neun Uhr morgens, nicht unbedingt Geisterstunde. Aber irgendwie war mir das Haus unheimlich.

Das Telefon klingelte wieder.

Es war Mama. »Bleib drin, es soll ein ziemliches Unwetter geben«, sagte sie. »Gewitter und Sturm und das Übliche. Hast du gehört? Bleib im Haus, da bist du sicher.«

Bevor ich noch etwas sagen konnte, hatte sie aufgelegt.

Ein Gewitter hatte mir gerade noch gefehlt. Nicht dass ich Angst davor hatte, bestimmt nicht, aber irgendwie war mir schon ein bisschen komisch zu Mute in diesem großen, noch ziemlich leeren Haus. Vielleicht sollte ich mich einfach in mein Zimmer verziehen, die Rollos hochziehen und von oben das Unwetter beobachten.

Aber natürlich klemmte das Rollo wieder und ich musste Licht anmachen. Sehr gemütlich fand ich es eigentlich nicht, vor allem, weil das Licht bedenklich flackerte. Also ging ich wieder nach unten.

Das Licht ging ganz aus. Stromausfall, fluchte ich. Irgendwo mussten Kerzen sein und Streichhölzer, irgendwo in einer der vielen Umzugskisten, die immer noch überall herumstanden. Ich beschloss mit der Sucherei zu warten. Allzu lange konnte so ein Stromausfall ja auch nicht dauern. Wenn jetzt bloß Albert da gewesen wäre. Oder wenigstens Anne!

Kurz entschlossen wählte ich ihre Nummer, aber es meldete sich nur der Anrufbeantworter und ich legte auf.

Ich rief bei Carolin an.

»Moment mal«, flüsterte sie, »ich muss mit dir in ein anderes Zimmer gehen. Albert ist da.«

Ich hörte sie eine Treppe hinuntergehen und dann lachte sie. »Stell dir vor, Albert ist vorhin gekommen und hat mir einen Liebesbrief überreicht.«

»Toll«, sagte ich. »Und?«

»Es ist ein wahnsinnig schöner Liebesbrief, fünfeinhalb Seiten lang, mit ganz viel Gefühl. Es gibt nur ein winziges Problem.« Sie machte eine kurze Pause, dann prustete sie los. »Auf der vorletzten Seite steht: *Du bist der tollste Junge, der mir je begegnet ist!*«

»Nein!«, rief ich.

Carolin kicherte immer noch. »Doch. Ich nehme an, Albert war gestern Nacht ziemlich müde, als er den Brief geschrieben – oder soll ich besser sagen ›abgeschrieben‹ hat. Aber er ist trotzdem gut. Ich hab deinem Bruder gesagt, dass ich noch öfter solche Briefe möchte.«

»Jedenfalls ist bei euch wieder alles in Ordnung, oder?«, fragte ich.

»Es ist alles in Ordnung.«

Ich traute mich nicht zu sagen, dass Albert nach Hause kommen sollte, weil ich vor dem Gewitter Angst hatte. Ich legte auf.

Unschlüssig stand ich in der Diele.

War da nicht wieder irgendein merkwürdiges Geräusch gewesen? Als ob irgendwas über den Boden geschleift würde, so hörte es sich an.

Das Telefon klingelte, aber als ich abnahm, meldete sich niemand.

Wollte vielleicht ein Einbrecher herausfinden, ob jemand bei uns zu Hause war? Und was war das für ein merkwürdiges Geräusch, das ich trotz des prasselnden Regens immer noch hörte? Hoffentlich funktionierte wenigstens die Alarmanlage. Hatte nicht Frau Altmüller am Abend vorher was von Einbrechern erzählt? Aber dann fiel mir wieder ein, wer ihr Erdbeerbeet geplündert hatte, und ich musste laut lachen.

Mein Lachen hallte so laut in dem riesigen Wohnzimmer, dass ich eine Gänsehaut bekam, dieses Mal aber ausnahmsweise nicht von der Klimaanlage. Die schien nicht mehr zu funktionieren. Klar, dachte ich, Stromausfall und das bedeutet natürlich auch, dass die Alarmanlage ausgefallen ist.

Ich sah mich im Wohnzimmer um. Es erschien mir der sicherste Ort im ganzen Haus: Sollte wirklich jemand einbrechen, dann konnte ich immer noch versuchen durch eines der Fenster in den Garten zu kommen. Vorausgesetzt, es ließ sich öffnen. Aber darüber wollte ich mir jetzt lieber keine Gedanken machen.

Die einzige Schwachstelle im Wohnzimmer war der Durchgang zum Esszimmer. Ich sah mich suchend um. Dann hatte ich die Idee.

Der Dielenschrank war zwar wahnsinnig schwer und ich konnte ihn nur millimeterweise vorwärts schieben, aber irgendwann hatte ich es geschafft: Der Durchgang war versperrt. Zwar hatte der Fußboden einige Kratzer abgekriegt, aber dafür konnte ich nun wirklich nichts. Ich ließ mich total geschafft aufs Sofa sinken.

Regentropfen prasselten an die Scheiben, die Bäume auf dem Nachbargrundstück beugten sich im Sturm, im oberen Stockwerk bei Altmüllers schlug ein Fensterladen hin und her. Einen Moment lang glaubte ich eine verhüllte Gestalt an einem der Fenster zu sehen, aber wahrscheinlich war das nur eine Spiegelung.

Ein merkwürdiges Geräusch ließ mich erstarren. Klopfte da jemand? Aber das konnte doch nicht sein. Bei dem Wetter kam bestimmt niemand einfach so zu Besuch.

Ich merkte, wie ich nervös wurde. Verflixt noch mal, warum musste auch ausgerechnet jetzt die Alarmanlage nicht funktionieren? Ich wollte nach dem Telefon greifen, da fiel mir ein, dass ich es im Esszimmer hatte liegen lassen. Zwischen mir und dem Telefon stand lediglich der massive Dielenschrank.

Das Klopfen hatte aufgehört. Ich wollte mich schon wieder beruhigt hinsetzen, da entdeckte ich am Fenster eine Gestalt im Regencape.

Albert vielleicht? Oder Anne? Es war zu dunkel, um etwas zu erkennen.

»Hallo«, rief eine Stimme von draußen.

Es war eindeutig nicht Albert und auch nicht meine Freundin.

Einen Moment lang dachte ich daran, mich auf dem Sofa ganz klein zu machen und einfach so zu tun, als sei ich nicht da, aber dann zerriss ein Blitz das Dunkel und erhellte sekundenlang das Wohnzimmer.

Die Gestalt draußen hatte mich gesehen.

»Hallo«, rief die Stimme nochmals und schwenkte einen Gegenstand.

Mir war inzwischen alles egal. Ich bewaffnete mich mit einer schweren Teekanne aus dem Dielenschrank. Kampflos würde ich das Haus nicht aufgeben! Dann öffnete ich das Fenster.

»Du hörst ziemlich schlecht«, rief Stefan und hielt mir eine Plastiktüte entgegen. »Hier! Soll ich deinem Vater bringen!«

»Komm rein«, sagte ich und weil er mich ungläubig anstarrte, fügte ich hinzu, »durchs Fenster. Geht im Moment bei uns nicht anders.«

Stefan lachte bloß und kletterte ins Wohnzimmer. »Ich dachte, das sei ein ganz modernes Haus.«

Ich lachte ebenfalls und versuchte die Teekanne unauffällig loszuwerden. »Ist es ja auch, aber im Moment haben wir einen Stromausfall und da geht gar nichts mehr.«

Im Esszimmer klingelte das Telefon. Ich tat einfach so, als hörte ich es nicht.

Beim siebten Klingeln wurde Stefan unruhig. »Willst du nicht ans Telefon gehen?«, fragte er. Er sah sich suchend um. »Wo ist denn hier überhaupt die Tür? Ich meine, ihr klettert ja wohl nicht immer durchs Fenster, oder?«

»Nein«, stotterte ich, »natürlich nicht.«

Es lief einfach wieder alles bescheuert. Stefan stand zwei Meter von mir entfernt, seine dunklen Locken waren klatschnass und ich fand ihn so süß, dass mir fast die Luft wegblieb. Und jetzt sollte ich ihm erzählen, dass ich Angsthase den Dielenschrank vor den Durchgang geschoben hatte als Schutz gegen Einbrecher? Das war einfach lachhaft.

Er sah mich erwartungsvoll an.

»Ich … ehm, ich räum hier ein bisschen um«, behauptete ich und trat einen Schritt zur Seite. »Weißt du, mein Vater ist Architekt und da … ja, er findet es einfach toll, wenn sich immer wieder was verändert … in der Wohnung.«

Stefan nickte und meinte, das könne er verstehen.

Ich lächelte ihn an.

»Ja, dann geh ich mal wieder«, sagte er langsam. »Ich sollte nur das Jackett vorbeibringen. Mein Vater hat es gestern Abend versehentlich mitgenommen und das war ihm furchtbar peinlich. Er hat gesagt, ich soll es gleich zurückbringen, bevor dein Vater es vermisst.«

»Ja«, sagte ich. Stefan hatte ganz dunkle Augen und wenn er lachte, dann hatte er links ein Grübchen.

»Also, ich geh dann mal wieder«, wiederholte er.

Ich nickte. Ich wollte rufen, bleib doch bitte da, ich bin so glücklich, dass du hier bist … aber ich stand bloß da und nickte.

»Also, ich muss dann wieder«, sagte er nochmals. »Schade, dass wir uns gestern Abend im Sternenweg nicht getroffen haben.«

»Ja«, sagte ich. »Es hat ziemlich stark geregnet.« Mehr fiel mir nicht ein.

Er drehte sich zum Fenster um. Der Regen hatte mittlerweile aufgehört. Aus der Ferne war nur noch leises Donnergrollen zu hören.

Das Telefon klingelte schon wieder.

»Also, tschüss«, sagte Stefan und öffnete das Fenster.

»Warte mal!«, rief ich. »Kannst du mir beim Umräumen helfen? Ich komm nicht an das Telefon, wenn der Schrank vor dem Durchgang steht.«

Gemeinsam schoben wir den Schrank Zentimeter für Zentimeter zurück. Das Telefon hatte längst aufgehört zu klingeln, als wir den Durchgang endlich frei hatten.

»Ist wahrscheinlich auch sinnvoller, wenn man hier durchkann«, bemerkte Stefan und grinste ein bisschen. »Hast du wirklich vorgehabt, das Zimmer so umzuräumen, dass man durchs Fenster klettern muss?«

Ich schüttelte den Kopf. »Das ist 'ne längere Geschichte. Aber wenn du Zeit hast, erzähle ich sie dir gern.«

Er zögerte. »Nelli ist draußen!«

»Du meinst deinen Hund«, vergewisserte ich mich.

Er schüttelte den Kopf und einen Moment lang wurde mir fast schlecht. »Der Hund meiner Großeltern«, verbesserte er. »Kann ich ihn reinholen? Dann habe ich Zeit.«

Ein Hund im Haus! Garantiert würden meine Eltern einen Herzschlag kriegen, aber darauf konnte ich keine Rücksicht nehmen. Ich nickte. Stefan öffnete das Fenster und ein riesiger Bettvorlegerhund sprang ins Zimmer.

»Das ist Nelli«, sagte Stefan stolz, als der Hund sich schüttelte.

»Ich weiß«, sagte ich und kraulte ihn am Hals.

»Hast du schon gefrühstückt?«, fragte ich. »Komm, wir machen uns Spiegeleier und Tee und dann muss ich dir einiges erzählen.«

Er nickte. »Meine Oma glaubt immer noch, dass du aus Russland kommst. Sie findet dich unheimlich nett. Sie hat gemeint, ich soll nicht immer mit Nelli spazieren gehen, sondern lieber mit dir.«

Ich merkte, wie ich rot wurde. »Und? Was hast du gesagt?«

Er lachte. »Ich hab gesagt: ›Gute Idee, Oma.‹ Weißt du, wenn man ihr widerspricht, dann gibt es grauenhaft lange Diskussionen … Und die Idee ist ja wirklich gar nicht so schlecht, oder?«

»Stimmt«, sagte ich. »Wir könnten ja auch zu dritt spazieren gehen.«

Er nickte. »Das hängt ganz von dir ab.«

»Ja«, sagte ich. »Das hängt ziemlich von mir ab. Machst du uns Spiegeleier und Tee? Ich muss noch schnell was erledigen!«

Ich schnappte mir das Telefon und rannte die Treppe hinauf. Dieses Mal würde ich keinen einzigen Fehler mehr machen!

Ausnahmsweise nahm Papa gleich beim dritten oder vierten Klingeln ab. Als er meine Stimme erkannte, murmelte er, dass er in einer wichtigen Besprechung sei, bei der es um Millionen gehe.

»Und bei mir geht es um mein Lebensglück«, fauchte ich, aber das schien ihn nicht im Geringsten zu beeindrucken. Er legte einfach auf.

Mamas Nummer anzurufen hätte ich mir sparen können. Es meldete sich wie immer nur der Anrufbeantworter.

Einen Moment lang war ich ratlos, dann wählte ich nochmals Papas Nummer. Nach dem zehnten Klingeln nahm er ab. Seine Stimme klang ziemlich gereizt.

Bevor er wieder auflegen konnte, rief ich: »Du, Paps, da war jemand in der Garage und hat dein Auto –«

»Wie bitte? Was ist mit dem Auto? Irgendwas beschädigt? Ruf gleich Mama an und ... Warte, ich geh mal nach draußen, dann können wir in Ruhe telefonieren.«

»Mit dem Auto ist gar nichts los«, beruhigte ich ihn. »Aber ich hab 'ne ganz wichtige Frage. Die entscheidet über mein Lebensglück.«

Endlich schien mein Vater zu kapieren. Er lachte leise. »Also, sag schon. Ich will versuchen, sie zu beantworten.«

Im Hintergrund hörte ich Gemurmel. »Es ist nur meine Tochter«, hörte ich Papa sagen.

Ich schluckte. Aber wahrscheinlich dachte er sich gar nichts dabei.

»Also, Sandra, was willst du wissen?«

»Bleiben wir hier in Friedingen oder ziehen wir wieder nach Ludwigsstadt?«

Er räusperte sich. »Also, wenn du es so genau wissen willst: Dieses und das nächste Jahr bleiben wir noch. Was dann kommt: Wir werden sehen. Zufrieden?«

»Danke, Paps«, sagte ich. »Und mit deinem Auto ist alles in Ordnung, ehrlich.«

Ich legte auf und rannte nach unten. Dieses und das nächste Jahr bleiben wir noch hier, dachte ich, und was dann kommt, wird man sehen.

Stefan stand ziemlich ratlos am Herd. »Normalerweise habe ich mit Spiegeleiern keine Schwierigkeiten«, sagte er, »aber ich krieg den Herd einfach nicht an.«

»Klar«, rief ich. »Stromausfall. Deshalb hab ich auch dein Klingeln nicht gehört. Mit den Spiegeleiern wird das nichts, aber das ist nicht schlimm. Lass uns einfach ein Picknick machen.«

»Picknick? Bei dem Wetter? Es regnet inzwischen wieder ziemlich stark, sieh mal raus!«

Aus dem Kühlschrank holte ich die Reste der gestrigen Grillparty: Putenschnitzel, Würstchen, Kartoffelsalat, gegrillte Tomaten und packte alles in einen Korb.

»Komm«, sagte ich, »das stört uns nicht. Wir machen unser Picknick einfach im Wohnzimmer.«

Der Himmel draußen war immer noch grau verhangen, der Regen prasselte schräg gegen die Fensterfront, das Telefon läutete – und wir schoben das Sofa wie eine Insel in die Mitte des Raumes.

Von Zimmermann & Zimmermann
bei Thienemann bereits erschienen:

Mathe, Stress & Liebeskummer
Küsse, Krisen, große Ferien
Liebe, Chaos, Klassenfahrt
Schule, Frust & große Liebe
Küsse, Chaos, Feriencamp
Freche Mädchen – freche Ferien
Liebe, Gips & Gänseblümchen
Maths, Stress and a Lovesick Heart
Schule, Küsse, Liebes-Stress

Zimmermann, Irene:
Küsse, Flirt & Torschusspanik
ISBN 3 522 17527 1 X

Reihengestaltung: Birgit Schössow
Einbandgestaltung: Birgit Schössow
Schrift: New Baskerville und Spumoni
Satz: KCS GmbH, Buchholz/Hamburg
Reproduktion: Die Repro, Tamm
Druck und Bindung: Friedrich Pustet, Regensburg

10 9 8 7 6* 05 06 07 08

Thienemann im Internet: www.thienemann.de